活動報告

80年代タレント議員から162万人へ

中山千夏

講談社

はじめに

一九八〇年の夏、あるＴＶタレントが参議院選挙に立候補した。

参議院全国区はその選挙まで存在した全国をひとつとする選挙区で、供託金さえ出せば、三〇歳以上の有権者であれば誰もが単身、立候補できた。

マスコミは彼女の出馬を話題にしながらも、当落すれすれもしくは落選と予想したが、結果は、全国区候補九三人中、第五位で当選。


そのＴＶタレントが私だ。三一歳だった。

得票数は約一六二万と報道された。


以来、時々考えている。その一六二万という、気が遠くなるような数のひとびとについて。

マスコミが批判したとおり、人気投票の感覚で投票したひとも少なくなかったに違いない。

無所属で経歴の知れている者、というところに投票したひともあったろう。それまでの私の著作や社会的な活動を知っていて、共感して投票したひとも少しはあったろう。

その大半とは、当然ながら面識がない。

今、どうしておられるだろう。

この一六二万人に対して、私は責任を感じているらしい。ただのファンにならなら感じない。気がついたら「名子役」、そのまま惰性で俳優、歌手、芸能人、TVタレントへの道をノウノウと歩んだので、誰にもご愛顧をお願いしたことがない。ファンになるもならぬもアナタの勝手、なってくれれば嬉《うれ》しいには違いないが、責任は少しも感じない。

しかし、私に投票した一六二万人に対しては違う。私（と仲間）が支持をお願いしたのだ。少なくとも誘ったのだ。賄賂《わいろ》は使わなかった、強要もしなかった、だが「市民の政治参加」が大切だと説き、中山千夏に投票しようと誘い、投票してくださいとお願いした。だから私は、投票した一六二万人に対して責任を感じるのだろう。

そして、私がそのひとびとのことを思うように、そのひとびとも私のことを、時には考えるだろう、と思う。アイツは今、どうしているのだろう？　市民の政治参加とか言っていたが、今はなにしているんだろう？

一六二万人みんながそうだとは、いくら自惚《うぬぼ》れの強い私でも、思わない。自分自身がそうなのだが、一度や二度投票した候補のことなんか、投票したかどうかも忘れているものだ。

だが、ひとりでも、ふとそう思う人があるならば、それに応える責任が私にはある。国会議員を辞めて三〇年、TVを離れて四〇年、マスコミへの露出度がめっきり減って、ひとびとにとっては半ば亡霊と化した今だから、なおのこと、報告しなければなるまい。あなたが投票した者は、こうしてこんな議員となり、その後、状況をこう考えこう生きているのだ、と。

人生、総括の季節がきて、やっとその責任を果たせそうな気がしてきた。

それで書いている。一六二万人に対する報告書を。


一六二万人のみなさ〜ん！　いかがおすごしですか。

あの世にいらしたかたがた、ソチラはどんな具合でしょう？　私はまだコチラにいます。コチラのみなさん、この世は、世界は、日本国は、どんどん住みにくくなっていますが、お元気ですか？

昔々、一九八〇年夏の参議院選挙で、みなさんが投票した中山千夏です。

みなさんは、当時、ハタチになったばかりだったとしても、アラウンド還暦。私と同世代ならアラウンド古希。先輩ならばアラウンド白寿のかたもいらっしゃることでしょう。いずれにせよ、この四〇年を共に生きた、という思いがひしひしします。たった一票のご縁ではありますけれど。

はい、私もちゃんと彼女に投票しました。

そして一期六年、国会議員を務めました。

その間、立候補から議員活動まで、彼女の最も近くにいた者として、彼女がどのようにして立候補にいたったのか、また、どのような国会議員だったのか、報告したいと思います。おそらく、多くのみなさんは、よくご存知なかろう、と思いますので。

いや、ノスタルジーに浸るのではなく、たとえ短くともある私たちの未来という大樹の、少しでもコヤシになるよう、過去を鋤《す》き直してみたいのです。

お付き合いいただけたら幸いです。

二〇一六年一二月八日起稿　著者

（なお文中、人名の敬称は省略させていただきます）

活動報告／目次

第2章 参議院議員のこと

第3章　それからこれから

活動報告

80年代タレント議員から162万人へ

写真提供
毎日新聞社（113ページ）
著者
講談社写真部

第1章

個と社会

回顧録にしないために

この章は、少し長い前置き、とでもいったものです。この五〇年ほどの間の社会活動を通じて考え至ったことどもを、まず書きます。

お退屈かもしれませんが、これを話さないことには、本書はただの回顧録になってしまいます。コヤシのカケラにもなりません。コヤシという意味は、おもしろいとか、参考になるとか、そういう意味です。

私の議員経験は、ただの回顧録にしたのでは、一六二万人にとっておもしろくないことは確かです。では、参考になることを目指すしかありません。

多少とも参考になるように書こう、と思います。みなさんが社会活動、つまり市民運動や投票行動、あるいは議会活動をする時に、参考になるように。

それなら、回顧録であるより、評論であるほうがいい。

では回顧録と評論の違いはなにか。昔の私なら、回顧録は主観的な記録、評論は客観的な記録、と言ったかもしれません。

しかし、客観的に自分を回顧することもできます。我田引水で恐縮ですが、子役時代を書いた『蝶々にエノケン』（二〇一一年、講談社）、売れっ子TVタレント時代を書いた『芸能人の帽子』（二〇一四年、講談社）は、客観性を意識して書いた回顧録です。

また逆に、対象を主観的に評論することも可能です。私のエッセイの大部分はそれです。対象を客観的に評論するのに不可欠な学問、学説、知見などが私にはまったく不足しているので、いきおい、そうなります。

主観的か客観的か、であるよりも、「個人的か社会的か」、という基準がより適切だ、と最近、気がつきました。ひとは個人でもあり、社会人でもある。それがものを書く時、
個人が表に立って書くと、回顧録になる。

社会人が表に立って書くと、評論になる。

そんな感じです。

これは、じつにお恥ずかしいことなのですが、最近やっと「個性と社会性」というメガネを拾い、それで世の中がはっきりくっきり見えてきた成果です。自分の社会的な運動の様子も、ようやくはっきり見えました。おかげでやっと、書きたいと思いながら手をつけられずにいた本書に、着手できたのでもあります。

だからまず、そのこと、「個性と社会性」について私がどう考えているか、を書くことにします。

ちなみに、私のこうした考えはほぼすべて、哲学や思想科学や社会学などなどを学んでのものではありません。その方面の読書や勉強が私は苦手なのです。つまり、この章の話は自分の雑なアタマで考えたものばかりなのですが、いちいち「と思います」「と考えます」などとつけていたのでは、煩雑です。だから、そうつけたいのを我慢して、時に断定的に書いていきますが、世の優れた知性の裏付けはない私の考えに過ぎないことを、ご了承ください。

ひとに個性あり

絵や文やファッションの批評に「個性的」というのがありますね。独自性がある、ほかのひとの作品には無いものが感じられる、といった意味です。ここで言う個性は、この個性に通じています。個別性と言ってもいいのでしょうか。

しかし、この犬にはブチがある、こちらには無い、といった、比較したうえでの個別性ではありません。私は気が荒い、あなたは優しい、というような個別の性格の意味でもない。人間すべてが備えている性状としての個別性です。人間すべてまずもって「個」として存在する、そういう意味です。だから個性と呼んでおきます。

私はいつ、鏡のなかから見返しているのは自分だ、とわかるようになったのでしょう? 覚えていません。気がついたら、そうわかっていました。人類はこの能力、多くの動物は備えていないように見えるこの能力を、いつ獲得したのでしょう?

いずれにせよ、鏡のなかからこちらを見返している者が自分である、と認識できる能力と、それに伴って生まれたに違いない自己の内面を見ること、すなわち内省できる能力を獲得したその時、人間に個性という性質が備わったのでしょう。

人間はみんな、無意識のうちに「私は私である」と感じています。自然に「私は」と一人称で考えています。それが個性の働きです。そしてこれは人間という生き物の特色です。そんな動物はほかにはいません。少なくとも目立ってはいません。

そうだ、そういえば高校かなんかで教わりましたよ。デカルトいわく「われ思う故にわれあり」。なんのこっちゃ、と思ったものですが、この哲学者は、私が今言っている個性について言ったのかもしれない。そう考えると腑《ふ》に落ちる。「私は私だ」と思う存在が、この「私」、固有の、世界でたったひとつの、かけがえのない「私」なのである、と。

個性は生来、自律です。自分で自分を律します。他人が指図しようとしても干渉しようとしても、無駄です。個人の言動は妨げることができますが、個性そのものには誰も手出しできません。当人でさえも。洗脳されればされたなりに、酒や薬物に酔っていれば酔っているなりに、「老年認知症」であってもそれなりに、どうあっても個性は、自分で自分を律します。

個性は、人間なら誰もが、言ってみれば生物学的な条件として持っているものです。たとえ奴隷であっても、生物学的に人間ですから、個性はあります。どんなに自由を束縛されていても自律する個性があるので「私は私である」と感じ「私は」と考えないではいられない。

自律してある。その意味において、奴隷の個性も王様の個性も、なんら違いはありません。まったく同じです。

こう思い至った時、世界人権宣言にあるこの文言はまったく正当である、と完全に納得しました。第一条です。「すべての人間は、生まれながらにして自由であり、かつ、尊厳と権利とについて平等である」（外務省による訳文）とは、このことを言っているのに違いありません。

人間はすべて個性を持って生まれてくる、その個性は自由に自律しているものである、そして人間の個性に尊厳と権利があるものならば、当然、誰の個性にも平等に尊厳と権利があるのだ、と。

国家に迫られて

実は「個性と社会性」のメガネを拾ったのは、国家について考える路上でした。

私は元々、少女のころから国家というものが好きではありません。なんだかキライでした。長じて世界情勢を見ていくうちに、どんな国家もろくなもんじゃない、とますます思うようになりました。それでも別に国家とのかかわりはさほどなかったので、深くは考えませんでした。

それでよく国会議員になったものだ、と呆《あき》れないでください。それについては第2章で詳しく話しますから。

とにかく国家とはよくて必要悪である、と決めて放り出しておけば、それですんだのです。私は個人として生きていくのだ、と豪語するだけですんだのです。

ところが最近、どうですか。国家がぐぐっと存在感を増してきました。

運動のなかで友だちになった在日朝鮮人やアイヌ民族をひどく冷遇する国家。

友だちの故郷である沖縄に米軍基地を押し付ける国家。沖縄人の大半が悲鳴を上げ反対しているのに、です。

弱い地方に原発を押し付け、福島原発事故でひとつの街を消したくさんの原発難民を出し放射能を振りまきながら、なお強行しようという国家。多くの国民が原発をやめろと意志表明しているのに、です。我が家の近くにも浜岡原発があるので、ひとごとではありません。

そして、どうしても交戦権を持ちたがる国家。

とくに安倍政権になってから、むき出しになり、民間にも広がり出した国家主義、愛国主義。

あまりに国家が身に迫ってきたので、考えざるをえなくなりました。

国家ってなんだろう?

少数民族や在日外国人にとって、沖縄人や福島難民にとって、なんなのだろう?

彼らにヘイトスピーチを浴びせるひとにとって、なんなのだろう?

国際競技で「日本ガンバレ!」と叫ぶひとにとって、なんなのだろう?

国のために命をかけることを受け入れるひとにとって、なんなのだろう?

私にとって、なんなのだろう?

そうして、やっと注目しました。

人間には、個性と社会性がある、ということに。

この問題は、古来、哲学者とか社会学者とかが取り組み、解決してきた問題に違いなく、その過程で人間の個性も社会性も進化してきたに違いない。学べばもっと簡明な説明ができるかもしれない。しかし学問は苦手だし残り時間は少ないし、自分の経験からでっちあげた考えで片付けることにします。学問のあるひとには、物足りない話になるだろうけれども、本書の一端としては意味があると思うので、書いています。

ひとに社会性あり

さて、人間は生来、個性を持つ。そして生来、社会性をも持つ。そう私は考えます。

社会性とは、

「他とともに集団をなし、そのなかでの自分の役割を受け入れることで、生存にとって意味のある集団、すなわち社会を作ろうとする性質」

とでもなりますか。もっとうまい言い方があるかもしれませんが、とりあえず。

これは、大多数の生き物が生存本能として備えているものなのでしょう。だから大多数の生き物は、自然に、同種の間でなんらかの社会集団を作る。生物界は広いから、生まれてから死ぬまで、まったく孤独に生きる生物もあるかもしれませんが、まあ、ざっとした話です。

アリやミツバチなどはそれが強く、きっちり役割分担した効率のいい集団を作るので、社会的昆虫などと呼ばれます。私たち人類に近縁の類人猿も、社会を作ります。

となると、人間も生物として、生来、社会性を持っていると考えられます。きっと持っているのでしょう。教えられなくても子どもはおのずと家族に親しみ、遊び仲間を作りますから。

人間は生来、個性とともに社会性を持っているのです。

ここで、一般に言われている社会性と、生来の社会性とを、分別する必要がありそうです。一般に社会性はよいものとされているように見えます。若者は「社会性を持て」と言われるし、「社会性がない」は悪評、「社会性がある」は褒《ほ》め言葉です。

しかし、人間が生まれつき持つ社会性は、いいとか悪いとか、とは関係ない。そこは、頭に髪が生えることや指に爪が生えることをいいとか悪いとか言えないのと同じです。善悪の判断は、また別の話。

集まった幼児は、仲良くもしますが、オモチャを奪い合って叩《たた》き合いもします。仲良くすればオトナに褒められ、叩き合えば叱られます。しかし、どちらも生来の社会性によるものでしょう。なぜなら、類人猿は、しばしば仲間に暴力を振るいます。そして喧嘩《けんか》が強い弱いで、集団内での役割が決まります。役割の決定は、社会を作るのに必要なことです。すると、類人猿の暴力は、社会を作ろうとする社会性のなせる業だということになります。幼児の叩き合いも同じではないでしょうか。

社会での役割を定めるのに、暴力を用いるのが、最も本能的な社会性の表れなのでしょう。だから、他人を従わせるのに暴力を振るう人間は、社会性がないのではなくて、動物としての社会性をナマのまま発揮している、そうなります。

ともかく人間は、生来、社会性を持っている。

だから、とかく人間は群れたがる。社会を作ろうとする。

ところが、人間は、社会性にだけ任せていても、アリやミツバチはおろか、サルのようにも上手に社会を作れません。

彼らには無い大きな問題を抱えているからです。それが最初に話した「個性」です。

国家なるもの

個性と社会性。どちらも人間に生来備わっているものですが、個性と社会性が対立関係にあることは、容易に想像つきますよね。なにしろ個性は「私は私である」が基本ですから、他人は思案の外。他人と集まってなにかしたい社会性とは相容《あいい》れません。むしろ、社会性が目指すところの社会作りの邪魔になります。

それで、個人の内部では、個性と社会性のせめぎあいが生じる。

自分の社会性を満足させるために、個人の内部では、常に個性が抑圧されているのでしょう。

だから、人間社会は法を発明したのではないですか？

社会をひとつの法で律することにして、個性の自律は排斥《はいせき》する。メンバーが「私は私である」ではなく、「私たちは私たちである」と考えるよう、法で強制する。そうやって、やっと人間は社会を形成、維持できた。

そして、法の力が充分に強くなり、個性の自律をほぼ完全に制圧できた時、人間は国家という大社会を持つことができたのではないですか。

当初、法は神から授かった戒律だったでしょう。人間を超越した権力を持つ神の前には、どんな個性の自律も退かざるをえない。天体の運行も自然災害も、人間の力ではどうにもならないから、神の法に任せるしかなかった。

そして人間が神の存在を疑い、神を頼らず生きなければならない、と考えるようになると、自分たちで法を作るようになった。

そう考えてきて私は、宗教団体と国家がしばしば抗争してきた歴史を、しんから納得できました。その本質は、人間社会を立ち行かせるのに、どの法を用いるか、の争いだったのですね。非宗教的な法も宗教的な法も、社会を律する法として同じレベルなので、争いが起こる。

法によって個性を抑え社会を律する、という意味で、国家とは、本質的にひとつの宗教団体です。

近代国家は憲法という戒律で律される宗教団体だとも言える。そう考えると、国教を持つ国家は、古臭くはあるけれど、そんなに異常なものではない、そう思うようになりました。

政党もまた本質的に、宗教団体や国家と同じひとつの社会です。党としての規則が個々の個性を抑制し、党人としての社会性を助長する。

時に、ある党が宗教団体のように見えるのも、宗教団体が政党を作るのも、そう考えるとなんら奇異なことではない。そう思うようになりました。

ヨーロッパ式の多くの国家では、神から授かった法は人気を失い、神の代理を称する国王が与える法も人気を失くし、今では、国民を代表する議会の作った法が流行しています。

しかし、本質は変わりません。法によって社会性をかきたて個々の個性を抑圧することで、社会を形成、維持しようとする本質は同じです。

つまり国家というものは、いかなる形態であろうとも、本質的に個々人の個性の敵、少なくとも抑圧者なのだった。

そこで、思い当たりました。なんだか国家はキライ、という少女の感性は、少女の抑圧された個性に由来するものだったに違いない、と。

ひとは個人で社会人

ところで、〈ひとに個性あり〉の項でこう書きました。

人間はみんな、無意識のうちに「私は私である」と感じています。自然に「私は」と一人称で考えています。それが個性の働きです。そしてこれは人間という生き物の特色です。そんな動物はほかにはいません。少なくとも目立ってはいません。

しかし、もう一歩、踏み込んでみると、ほかの高等動物も、個性を持っているかもしれません。イヌやネコやチンパンジーを見ていると、「私はなにか食べたいなあ」などと考えているように見えることがありますから。彼らも個性を持っているのかもしれない。

でも、それが「表出」することはないでしょう。言葉を持っていないからです。

個性の表出とは、「私は私である」と表現することです。そう考えること、そう言うことです。ところが、考えるのも言うのも、言葉があって初めてできることなんですね。言葉はなんでもかまわない。

「私は私である」と言葉で考えることで、ひとは初めて自分の個性を眼前にすることができる。また「私は……である」と言葉で言うこと、声で、手話で、ジェスチャーで、文字で、言うことで、他人に向かって自分の個性を示すことができる。言葉を充分あやつれない赤ん坊の泣き声、叫び声も言葉のうち、と考えられます。

そのようにして、個性を表出しながら存在しているのが「個人」でしょう。

個性とは、天上天下唯我独尊の性状です。徹底的に孤独なものです。それが、なんらかの言葉によって、「私は私である」と自分自身に向かって表現する時、その個性は初めて絶対的な孤独を脱して、いわば自分という友を持つようになるのだと思います。その時、自分自身に対して、自分という個人が立ち現れる。

個人とは、自分に対して、あるいは他人に対して、「私は私である」ことを表現しているひとりの人間、ということになります。


では「社会人」とは？

一般には、学業を終えて就職したひとのことを社会人と言いますね。

しかし、社会をなんらかの方向性を持つ人間集団とするならば、社会は職場だけではありません。学校も幼稚園も立派な社会です。家庭も社会です。だから、どんな社会であれ、そこに属する人間を社会人として、それはどういうものなのか、追いたいと思います。

さて人間は、生来、個性とともに社会性を持っている、と私は考えました。そして、個性の表出が個人だとするなら、社会性の表出が社会人です。個性と社会性とを併せ持つ人間は、個人として同時に社会人として存在するわけです。

もちろん、ジキル博士とハイド氏のように、昼は社会人、夜は個人として存在する、みたいなイメージではありません。ひとりの人間の個性と社会性は複雑に絡み合い、流動的にそのどちらかが多く前面に表れる、そんなイメージです。

そして、ひとがひとと出会った時には、多少とも社会性が表出せずにはいられないので、ひととの関係のなかでは、人間は多少とも社会人として存在する、と言えると思います。

ところで、個性の表出は「私は……である」と考えたり言ったりすることだと考えました。では、社会性の表出はなんでしょう?

「私たちは……である」と考えたり言ったりすること、ではないと思います。

「私は……」と考えたり言ったりするのは、言葉さえ会得《えとく》すれば自然にできますが、「私たちは……」のほうはそういきません。ある程度の期間、ある社会の一員として生きて、その自覚ができた時、やっと「私たち家族は……」「私たち学生は」などと言えるようになるのではありませんか?

社会性とは、に戻って考えてみます。私の雑な規定では、「他とともに集団をなし、そのなかでの自分の役割を受け入れることで、生存にとって意味のある集団、すなわち社会を作ろうとする性質」が社会性でした。すると、その表出とは、まず「集団をなす」こと、そして「そのなかでの自分の役割を受け入れる」こと、と考えればいいのではないでしょうか。

本能的な社会性の表出は、これに尽きます。社会性だけの動物は、まさにこのようにして、社会を作り、生きています。集団も役割も自分と他との兼ね合いで、自然に決まっていきます。すると、社会性とは、ずいぶん受け身の性質なのですね。

たしかに、これが、社会性の表出です。しかし、個性の場合のように、個性の表出イコール個人、というふうには言えません。集団をなしそこでの役割を受け入れること、だけでは社会的動物であって、社会「人」ではないし、それは常識的に把握している社会人という存在とも、かけ離れています。

それは、動物と違って人間の場合、社会性の表出にも、個性がかかわらずにはいられないからでしょう。

人間は、ただ社会性によって集団に加わり自然と役割が決まるわけではありません。人間のありようには必ず個性が介在しますから、社会性を発揮する時にも、「私」はどんな集団の一員になるのか、どんな役割につくのか、役割はどんな方法で決まるのか、それは「私」にとって快適か不快か、などなど考えずにはいられません。ごく単純なレベルでも、家族社会の一員であるのはいいが、幼稚園社会の一員にはなりたくない、とか、掃除当番になるのはいやだとか、考えずにはいられない。

そして、その個人的な意向を、自分の社会的役割のなかに多少とも反映させようとします。つまるところ、社会人とは、動物の場合のように集団の単なる一員ではないわけです。外からの法に、唯々《いい》諾々《だくだく》と従える存在ではないわけです。自らの社会性によって集団に引き入れられながらも、なお、自らの個性によって考え行動する存在、それが社会人なのですね。

宿命のバランス

思えば社会は無数にあります。

そして不文律から憲法まで、あらゆるレベルの法が個人の個性を抑圧し、個人の社会性を応援して、社会を成り立たせています。

家庭には家庭の不文律があり、学校には校則、会社には社則、人間が人間と接するところ、すべてが法に律せられた社会関係だと言っても過言ではないでしょう。

社会関係での人間は、おおむね、その社会での役割を主語にして生きます。「私は」ではなくて、「母は」「父は」「社員は」「学生は」「女は」「男は」と考えふるまいます。とりもなおさずそのほうが、個性を抑圧しやすいからでしょう。

また、厳密に言えば、人間関係はすべて社会関係です。

個人関係の代表かのような性的関係も、まさに婚姻法に律せられた社会関係がほとんどだし、入籍していなくても、二人の関係はなんらかの不文律（たとえば女性蔑視の伝統など）に律せられている社会関係だと言えます。DV（ドメスティック・バイオレンス）の社会問題化やDV防止法の成立などは、不文律や婚姻法では解決できない社会関係の問題を、別のレベルの法で律しようとすること、とも考えられます。

このように考えると、人間関係はすべて、社会関係であって、その大きさによって、法が個性を抑圧する力に強弱があるだけです。

こういう状況のもとでは、個性は自律の危機に追い込まれます。個人が自覚するしないにかかわらず、他律の圧迫に個性は苦しみ、時に対抗手段をとってきます。社会に背を向ける「引きこもり」は、個性の自衛手段なのでしょう。

過労死も、個性の反乱ではないでしょうか。過労死を認めたくないひとたちがよく言うように、同じ労働時間でも、病死したり自殺したりしないひとがいる。だから、時間はむしろ二次的な要因に思われます。長時間労働などによって、社会人であることを過剰に要求された個人のなかで、個性の自律が著しく阻害された時、個性の起こす反乱が、個人の心身に表れて、病死あるいは自死となる。同じ長時間労働下でも病まないひとは、個性が自律（息抜き）できる場や時間を、どこかに持っている。そう考えると納得できます。

誤解ないよう言い添えますが、もちろん、だから長時間労働を許していい、と言うのではありません。私が言いたいのは、長時間労働は確かに、ひとを苦しめ傷つけますが、それは社会に押し付けられた長時間労働というものが、人間の個性の自律を著しく損なう結果なのではないか、ということなのです。


しかし、社会は個性を抑圧するからといって、人間は孤独では生きられません。自らの社会性がそれを拒否します。

無闇に個性を解放することもできません。個性は本来、反社会的なので、その抑圧を解くことには、嫌われ者から文字通りの反社会的犯罪者となるまでのリスク、すなわち自滅のリスクが伴います。

つまり宿命としてひとは、自分の個性と自分の社会性をバランスさせて生きる必要に迫られているわけです。

社会人の問題

個性と違って、社会性の悪評は聞きません。

社会性がない、というのがマイナス評価ですから、ありさえすればとにかくいいようです。いい社会性とか悪い社会性とか、言われませんし。

しかし、よく考えてみると、社会性があるだけでよい、とは言えないのではないでしょうか。

そもそも〈ひとに社会性あり〉の項で言ったとおり、社会性は類人猿でも持っている本能的な性質です。暴走族やヤンキーグループ、ヤクザ組織に走る若者に善良な市民は眉をひそめますが、それもまた、社会性のなせる業でしょう。また、そうした集団は、しばしば反社会的集団と呼ばれますが、「善良な」市民社会とは規律が異なっているだけで、社会であることに変わりはありません。

そのメンバーは、それぞれの社会の一員、その社会に協調したひと、つまり社会人です。そう見ると、ただ社会性があること、ただ社会人であることは、なんの価値も持たないと思えてきませんか。

ヤクザ組織の暴力や悪辣《あくらつ》なカネ儲《もう》けは確かによくない。でも、軍隊を持ち、いやがる民衆を兵隊にして戦争し、税金を強奪し、首脳連中がカオでしほうだいに汚職をする組織と、どこが違うのか。国の首脳は国民に選ばれているかもしれないが、ヤクザの親分だってそれなりの法で選ばれている。民主主義の選挙といったって、直接の選挙ではないし、選挙法の魔法もあるし、さほど公正ではないとわかってきている。

いや、国家の悪さを言い立てるつもりではなく、社会というものは本質的にみんな同じである、と言いたいだけなのですが。だから、社会人であればいいわけではない、どんな社会に協調する人間なのか、それが重要だろう、と言いたいわけです。

それに、協調を旨とする社会人というものには、重大な問題があります。

社会に協調するということは、おうおうにしてウラオモテのある行動をすること、迎合すること、ウソをつくこと、面従腹背《めんじゅうふくはい》であるからです。

協調の最たる表れは、その社会の法、規律を守ることでしょう。見ていると、規律厳しい社会、軍隊や企業では、文句を言わずに上司の命令に従うのが、よい兵隊、よい社員、つまり正しい社会人とされています。正しい社会人であるためには、胸の裏には疑問があっても表の行動では上司に従う、ウラオモテのある人間でなければなりません。

また、古い話になりますが、夫の命令、親の言葉には、それがどんなに不合理であっても従うのが正しいとした封建社会の倫理という法も、ウラオモテある態度のススメでしょう。

思うにウラオモテは、どんな性格であろうとも、すべての社会人の宿命です。なぜなら、万人の個性は「私は考える」ことで自律しています。そんな個性にとっては、どんな法であろうとも、他からの法は、他律だというだけで、受け入れられないものだからです。それを抑えて協調しているのが社会人です。だから社会人とは、多少とも、ウラオモテある言動をしなければならない存在なのです。

ところがそのいっぽうで、個人は幼いころから、ウラオモテなく過ごせ、正直であれと、学校や家庭という社会に教えられて育ちます。多くの若者が社会人としての親を見て、愕然《がくぜん》として反抗するのは、その教えを真に受けて育つためでしょう。彼らも社会人になると、多少とも親の轍《てつ》を踏むことになるのですが。そうしなければ社会人でいられないので。

ウラオモテで生きるのは、個性の自律を抑えて社会の法に協調しなければならない社会人の宿命です。ある社会人は、罪悪感を抱きながら、またある社会人は、ウラオモテに慣れきって、社会を生きています。

しかし、ウラオモテがどうしても耐えられないひとたちもよくいます。たいていは個性の自律によって、反社会的に生きることになります。

かつて、それとは逆の方法で、ウラオモテを解消しようとした同世代がいました。連合赤軍事件という一連の事件（一九七一〜七二年）を起こしたひとたちです。その「山岳ベース事件」は、厳しい「自己批判」と「総括」をたがいに迫って、多くの仲間を死に至らしめた事件でした。革命を志す者はもとより、一般の同世代にとっても、悲惨な記憶になっています。

私も同世代としてひとごとならぬ関心を持ち、彼らの手記も読みました。そこには、互いの間に、熱い仲間意識はあっても、憎しみや妬《ねた》み嫉《そね》み怒りのような、ふつうに暴力に結びつく感情がありませんでした。不思議でした。狂った、としか考えられず、官憲に追い詰められての異常な逃亡生活が彼らを狂わせたのか、と考えました。いっぽうで、いくら集団狂気に陥ったといっても、学問もあり思いやりも充分ありそうなひとたちが、なぜこんな事態に陥ったのか、という疑問は拭《ぬぐ》えませんでした。

今ではこう考えています。

たしかにテキに追い詰められたことが、彼らを狂わせました。その狂い方は、個性を拒否し、社会性一本槍で生き抜こうとする狂い方でした。彼らは、革命を目指す社会（党派）の一員として、より優れた完全な社会人（革命戦士）となるべく、そのさまたげとなる個性を、あらゆる面でたがいに否定しあった。人間まるごとが社会人（革命戦士）となる理想に向けて、互いの個性を徹底的に改造、殲滅《せんめつ》しようとした。殲滅は個人の死を意味するのだが、それを顧みないほどに、優れた社会人（革命戦士）となることに熱中した。つまり、社会人のウラオモテを許さない真面目さが招いた悲劇だったのではないか、と。

惜しまずにはいられません。彼らがほんの少しでも、反社会的な個性を、人間の条件として受け入れていたら、悲劇は避けられたかもしれない、と。早い話が、個人主義だったらよかったのに、と。もっとも、そうだったなら、もともと彼らは「軍」など作らず、「戦士」にもならなかったでしょう。

およそ戦士は、企業戦士にせよ革命戦士にせよ、著しく個性を否定される社会人の代表です。戦士たることは、自分の命を放棄すること、つまり究極の個性否定なのですから。

そしてこの狂気は、自らにせよ他からにせよ、もっぱら社会人として生きなければならないひとびと、文字通りの兵隊や、職場や家庭で社会人の義務として働かざるをえないひとびとが陥りやすい狂気だと思います。

社会が、強制的に個性を抑え、社会性を持たせようとすることには、もちろん反対でした。今では、たとえ自主的であっても、個性を顧みない社会性の偏重には、反対します。それは、やはり、全体主義への道だからです。

それよりも、自分でも個性を重んじ、個人を生かしながら共に生きる道をいくほうがいいと思います。つまり個人主義でいくのがいい、と。

個人主義でいく

個人主義は、人権思想と同じ、欧米で生まれたようです。

よく知りませんが、日本に入ってきたのは明治以降ではないですか。とにかく、個人重視のこの考えは、「お家大事」のサムライ社会のひとびとに、大きな衝撃を与えたようです。

当時の小説や随筆を読むと、この新思想に感激して取り入れようとした知識人がたくさんいました。しかし、その一方で、利己主義の代名詞として悪評に使う知識人も少なくありませんでした。もちろんそれは誤解でしょう。誤解は今も続いています。

つい最近、経済優先の新聞社のウェブサイトに、こんなエッセイが掲載されていました。どう思われますか。私はびっくりしましたが。

筆者はアメリカ合州国育ちの起業家だそうです。

話は、この起業家が「ある日本人」に、「日本人の残業が多いのはなぜ?」と聞いたことから始まります。日本人は「上司や同僚の仕事が終わらない間は帰りにくい雰囲気がある」と答えた。そこで「じゃあ先に仕事を終えた人がまだ終わってない人を手伝えばよいのでは?」と言うと、件《くだん》の日本人は「そんな場面はない……なぜなら、日本では、欧米からきた個人主義が蔓延《まんえん》しているからだ」と答えた。そこで起業家は読者に解説します。「欧米の職場には、そんな個人主義は存在しない。成功している組織では、自然に同僚を手伝うチームワークがあるものだ……日本式のそれは個人主義ではなく、selfish(利己的)というべきだろう」。そしてこう書いています。

本来、英語で言う「個人主義(individualism)」の意味とは、集団に所属する一員としての役割や権利を相互に尊重しあう立場のことで、「私利」が「他利」に優先されるというワガママを容認してしまっては成り立たない概念です。

（Smart Times〔日経産業新聞〕2015／4／3付）

お気づきでしょうが、話がどんどんズレていますね。「日本人の残業が多いのはなぜ？」の答えに、「上司や同僚の仕事が終わらない間は帰りにくい雰囲気がある」とは、斜行もいいところです。残業過多という会社組織の問題を個人の問題にすり替えている。

さらに問題なのは、個人主義の解説です。〔集団に所属する一員としての役割や権利を相互に尊重しあう立場のこと〕と筆者は言います。これでは単なる社会人としての常識です。明治の知識人が、こんな話に感激するはずがありません。そうではなくて、個人主義とは、社会はどのようであるべきか、のひとつの回答なのですから。

私の理解では、個人主義とは、「利益」に即して言うなら、「社会の利益より個人の利益を優先する社会を作る主義」です。

私流に言うなら、「自律した個性を持つ個々人の尊厳と権利を第一に尊重する社会を作る主義」です。

だからこそ、個人を無視する封建的な社会に悩んでいた明治の知識人たちが、驚きかつ歓迎したのでしょう。

また、私利と他利についてもこのエッセイは混乱しています。個人主義のことを〔「私利」が「他利」に優先されるというワガママを容認してしまっては成り立たない概念〕だと筆者は言います。そんなことはありません。「私利」や「ワガママ」を容認したら成り立たないのは社会すなわち企業や国家であって、「個人主義の概念」はびくともしません。

それどころか、個人主義は、「私利」や「ワガママ」をも含めた個性を、互いに尊重し合おうという覚悟だと言えるでしょう。

ところで、なぜ個人主義者は個人を尊重するのか？

世界人権宣言の言い方を借りれば、ひとには個々に「尊厳と権利」がある、と確信するからです。いや、なにも力んで意識しなくても、ひとはみんな、他人の尊厳と権利を、直感的に感じます。自分の個性に尊厳と権利を感じているからです。だから他人の個性にも尊厳と権利がある、と直感する。「私は私である」から「彼は彼である」への転換は、さほど複雑な道筋ではないでしょう。他人と結ばれようとする、これも人間生来の性質である社会性が、ほんの少し働けばいいのですから。

そう、個人がたがいに個人を尊重するのは、人間に生来備わった性質による、と私は考えます。「性善説」ではありません。類人猿がそれなりに仲間を尊重するのを彼らの本能だとするならば、それと同じように、人間は生来、他人を尊重する、と言いたいのです。その結果が善か悪かは、また別の問題です。

個人が無闇と他人を殺さないのは、死刑を恐れて、ではなくて、他人の尊厳と権利を、直感的に感じているからに違いありません。法律はそれを補助するに過ぎません。

個人が他の個人を傷つけるのは、何らかの事情でその直感が損なわれた時でしょう。事情には法律も数えられます。強力な法律が、他人の殺害を求めた時、ひとは他人を殺します。死刑制度と戦時法がそれです。このふたつの法はひとに個人としての直感を無視させ、社会人の役割（看守や兵士）として他人を殺害することを強要します。

たしかに、みんながこうしよう、と言っている時に、「私」には不利だからそうしない、というのはワガママであり利己的です。

しかし、理由がどうあれ個人の都合で国家の法を拒否する……たとえば兵役を拒否する、死刑執行に反対する、原発建設に反対する、米軍基地建設に反対する、などなど……はマットウな個人主義であって、利己主義ではありません。個人主義とは、集団社会の法と利益よりも、個人の法と利益を優先するものですからね。

個人の幸せ、個人の生命を何より優先することは、自己保存の本能を持つ個性の本質であり、それがあってこそ、人類は続いてきたのでしょう。その個人が自分であれ他人であれ、そのような利己を、社会の利よりも優先するのが個人主義です。ですから個人主義は利己主義と対立するものではありません。その利己が他の個人の不利であった場合には、個人同士の話し合いで解決を求める。それが個人主義です。アメリカで盛んに行われている、犯罪被害者と加害者とのミーティングなどは、その好例でしょう。

もちろん、助け合いの精神、すなわち利他主義とも対立しません。引用したエッセイの筆者も触れているとおり、助け合いの「チームワーク」もまた、個人主義の相互作用だと言えるでしょう。

個人主義はただ、個人の利益よりも社会組織の利益を優先することに対立するのです。つまり全体主義に対抗するのです。だから私は、しっかりと個人主義者でありたいと思うようになりました。

もう立候補しない理由

「個性と社会性」にまつわる話はきりがありませんが、ここで切り上げたいと思います。

ここまでで、私がなぜ、議員に向いていなかったか、を説明するには充分でしょうから。

そうなのです、中山千夏議員についての私の最初の報告は、彼女は議員に向いていなかった、ということなのです。


次章で詳しく話しますが、最後の選挙（一九八六年）も投げずにみんなと運動しました。中山千夏が通ればいい、と仲間と同じ気持ちでした。だから落選にはやはりがっかりしました。ところが、あくる朝、目覚めた時の爽快感といったら！　たとえるならば、鳥籠から春風の吹く野原に放たれた小鳥のような気分。

やった！　もう議員じゃないんだ！


議員のどこがそんなにイヤだったのか？

ひとに聞かれ、自分でも自分に聞いてきました。

喧嘩腰の会議がイヤだった。

野党の政党や議員の間にも起こる勢力争いがイヤだった。

公費を貰《もら》っていると思うと気が重かった。

タレントなら悪口を言われても自分だけですむが、一六二万の支持者や仲間が傷つくと思うと、気が重かった。

どれも的外れな気がしながら、そんなことを答えていました。

そのうち、要するに議員に向いていないのだ、というのが、一番ぴったりくる気がして、深く考えることもなく、そう答えるようになりました。聞いたひとも、これなら、さらに聞いてこないので、便利でした。

しかし、ずっと考えてはいました。向き不向きとなると、性格の問題です。私の性格のどういうところが議員に向かないのか。

喧嘩のような会議や政争がイヤだといっても、私はそんなに和《なご》やかな性格ではない。公費がイヤだといっても、ズルく儲けてよろこぶ性格をも私は持っている。

一六二万の支持がいつも重かったのは確かだが、それに誇りを感じていたことも確かだろう。

折に触れてあれこれ考え、そして、最近になって、やっと納得できる答えにたどりつきました。私の個性と社会性のバランスが、国会に適応しなかった、というのが答えです。

元来、個性は強いほうでした。我《が》が強い。自意識が強い。つねに「私」が頭にある。「私」が「私」でなくなることに、強い拒否反応がある。

加えて、小さいころから芸能者。演劇、演芸を皮切りに文芸まで、なにか芸能をやってきました。芸能、芸術は内省と切り離せません。自分の内面を見ずに芸はできません。つまり芸は個性の仕事であり、個性を鍛える仕事なのです。

もちろん、芸能者も人間なのだから、個性ばかりなのではありません。当然、社会性も持っています。書いているものと生き様がまるで違う、という小説家がざらにいるのはそのためです。〈社会人の問題〉で話した社会人のウラオモテを、芸能者も生きるのですね。作品は個性で創作し、作者自身は社会性で暮らしている。そうでなければ、破綻してしまうでしょう。社会性一点張りで生きようとした連合赤軍のひとたちのように。実際、破綻する芸能者も少なくありません。

ともあれ私は諸芸能に精を出すことで、ますます個性を強めていったのだと思います。

さらに私は、ウーマンリブと出会った。基本的人権と出会った。差別に終止符を打つのに強い背骨として、この考え方の信奉者になりました。

基本的人権というものは、自由に生きることや平等に遇されることを、個人の権利として宣言している。しかも、法により与えられたものではなく、生来の権利として宣言している。そうしっかりと理解した時、私は、我（ワレ）を強く持とうと決心しました。女はかくあるべし、こう生きるべし、と世の中は言うが、女というのは私の属性に過ぎない。私は私、私は生来、自由なのだ。自由に生きていいのだ。性差別を良風美俗としてふりかざす世の中に向かってそう主張するには、よほど我《が》を強く持っていなければ、流されてしまう。性差別と闘う女は、我が強くなければいけない。私はそう考えました。以来、我が強い、というのは私にとって褒め言葉になりました。だから個性はますます強まったわけです。

こうして、議員になるころには、私の人間性は、我、自意識、すなわち個性がひときわ多くを占めるものになっていました。

それでも、特段、社会生活に苦痛を感じなかったのは、主として生きていた社会が、個性の肥大を許す社会、むしろ個性の旺盛な人間を歓迎する社会だったからでしょう。極端に言えば、ルールはいい芸をするかどうかだけ。役者や物書きは基本的に一人一党、個性を縛る社会的役割もありません。だから私の個性は、苦痛を感じずに生きたのでしょう。

公人は、とかく個性を抑圧されるものです。有名な芸能者という立場も、一種の公人なので、個性を抑圧されます。それについては非常に息苦しく感じていましたけれど、たぶん、「望んで有名になったわけじゃない、イヤならヤメちまおう」と無責任でいられたことが、私の個性に息抜きをさせていたのでしょう。

しかし議員にはこちらから名乗り出てなったのです。一六二万人に対して責任を感じないではいられませんでした。それに落ち着いて考えてみれば、議員はまぎれもなく社会的な役割です。質疑するのももちろん役割、つまり社会性が表に立ってしなければなりません。個性が表立つと、相手も人間だ、という思いが出て、行政の不足を暴くのが辛くなります。個性は抑圧して、国民の代表であるという役割意識、つまりは社会性を押し出すのが、議員としての正しいありように違いありません。

当時は気づきませんでしたが、私は、生まれて初めて、正真正銘の社会的役割についたのでした。そして国会という、それまで経験したことのない社会に飛び込んだわけです。

国会という社会には、納得のいかない、わけのわからない習慣的な規則がやたらにありました。ほとんどが、国会の尊厳を示すものであり、また国会運営の円滑を最優先するものでした。

全体の尊厳など眼中になく、効率も二の次の芸能社会で生きてきた私が、全体の尊厳と効率のために個々が行動することを求める社会、つまり全体主義社会に、初めてぶつかったわけです。

納得のいかない序列がたくさんありました。芸能者の社会にも序列はありましたが、それは、ほとんどが納得できるものでした。その大半は個人の力量や顧客の人気によるもので、非常にわかりやすかった。

しかし国会では、個人の力量がまったく目に見えません。人気に当たるのは得票数でしょうが、これは序列の足しにはぜんぜん数えられません。なぜこの議員が重役なのか、簡単には見えないのです。議員の背景、つまりは出自に詳しくなければ、序列の根拠は藪《やぶ》の中。改めて思えば感心するほど江戸幕府時代の武家社会と同じでした。

そして、その序列に応じた態度をとることが、全員に求められていました。重役たちは胸を張り、秘書は議員に腰を折り、明らかに政治について私より経験も知識も上の役人たちが、私をセンセイと呼んで、ぺこぺこしました。そういうことに、誰も疑問を呈しません。

ここでは、誰かと人間として、つまり役割を離れて、個人として付き合うことは、ほとんど不可能でした。外で付き合いがあればまた違うのかもしれませんが、私には、他の議員や役人と国会外で付き合う機会はありませんでした。党や会派を同じくする同僚が五人もいれば、その社会が国会社会の緩衝材となったかもしれませんが、私にそういう同僚議員はいませんでした。役人や職員も、個性を打ち消して役割に徹しているので、議員である私と対等に付き合うことはありませんでした。

考えれば考えるほど、国会は、封建的な全体主義社会でした。年の割にはいろいろな社会を見聞していたと思いますが、企業に勤めたこともなく、企業人と親しく交わったこともなかった私は、このような封建的な全体主義社会は、生まれて初めての経験だったのです。

この章でルル述べてきたような個性と社会性の認識が、当時の私にあったなら、まだ個性の抑圧も少しは緩和されたでしょう。そんな社会で仕事をするには、個性を弱め社会性を強め、役割に徹しよう、と考えることもできたでしょうから。そして、意識して個性の息抜きを、社会の法に反しない限りで、工夫することもできたでしょう。自らそんな社会に飛び込んだのですから、そうしなければならなかった。

ところが私は、個性由来の個人主義のセンスで国会社会を見て驚き、まだ抱えていた「ウラオモテがあるのはイケナイ」道徳からくる反発を強く感じ、私が理解している民主主義との矛盾に憤《いきどお》り、それを変革する力が自分に無いことで傷つき、結局、個性と社会性のバランスを国会社会に合わせてとることはできないまま、疲れ果ててしまったのでした。

今もそれができるとは思えません。

私には、所属する国家は選べませんが、そのほかの社会は選べます。あえてあの封建的な全体主義社会を選ぶほど、私は議員活動に魅力を感じないし、また政治活動としての可能性も感じません。

それよりも、私なりの、つまりは個人主義者の個性と社会性のバランスで、無理なくやっていける社会に身を置いて、政治的な活動をしていこうと思っています。

一口で言えば、やっぱり私には市民運動が向いている、ということですね。

これが、私がもう決して立候補はしない理由です。

第2章

参議院議員のこと

政治という言葉

いよいよ本題です。なぜどうやって政治活動を始めたのか、そしてどのような国会活動をしたのか、報告します。

ついてはまず、「政治」という言葉の意味を限っておきたいと思います。今後の話に、そのほうが便利なので。

人間社会はすべて政治だ、とある社会学者から聞いたことがあります。なるほど、と思いました。一八、九の、単純に政治嫌いだったころの私には、とうてい納得できなかったでしょうが、この説を聞いた時分には、なるほどと思えるくらいには、政治への理解が進んでいたわけです。

政治という言葉は、いろいろな意味を持っている。アイツは政治的だ、という評論は、アイツは真情からではなく駆け引きで行動する、利己的でズル賢い、というふうな意味の悪口になります。けれども、駆け引きそのものは、自分本位でズル賢いものばかりとは言えません。相手の弱みを慮《おもんぱか》って、相手に打撃となるような言動を差し控える、というのも、一種の駆け引きでしょう。全体の利のために我欲を引っ込めるのも駆け引きでしょう。

つまり目的のために手段を選ぶこと、その駆け引きがすなわち政治だと言えます。だから、議会政治も政治なら、各種の大きな組織内でのひとびとの動向をも政治と呼ぶ。市民運動も一種の政治だし、投票行為も政治。家庭運営から恋愛にいたるまで、人間関係は多少とも政治的関係であり、人間の社会活動はすべて政治だと考えられます。

しかしこれでは、本書にとっては幅が広すぎる。

そこで、本書に限って、政治の意味を以下のように限定します。

本書で私が言う政治とは、「公職選挙を通して各種の公権力を掌握し、それを振るって社会経営に参加すること」。政治家とは、それを主たる活動にしているひと。具体的には各種首長、議員、またそれらを目指して活動するひと、を政治家と呼ぶことにします。

いちいち「文字通りの」と付けたり、括弧でくくったりはしないので、私が本書で政治と言えば上記の意味だと、了解してください。

さて、先にも言ったとおり、私はその意味での政治には、むしろ嫌悪感を抱いている若者でした。政治にむき出しになる人間の駆け引きを、ただ汚いと感じていたのでしょう。それに、当時さかんになってきていた市民運動の動向などなにも知らない若者でした。

それが、どうして国会へ行くことになったのでしょう？　われながら不思議です。

どうして出馬したのか

なぜ出馬したのか。

そう問われるといつも困ります。決まりのいい答えがないのです。国会議員になりたかったわけではない。それははっきりしています。政治家は、生まれて以来、なりたいものとして頭に浮かべたこともないモノでした。

「おっちょこちょいで」と答えることがよくあります。思い返すと、自己の損得を捨てて仲間たちの期待に応える、そんな利他的な思い切りのよさを、自他に見せたかったところがありました。おっちょこちょいです。

当落はどうでもよかった。もちろん、当選してほしいという仲間の希望には、私も同調しましたが、私自身としては、当落は問題外でした。仲間の要望に応えるためには、出馬ごときにおたおたしない、そんな自己像を実現するのが最も重要なことだったと思います。

「やりすぎ」と答えることもあります。七〇年代半ばから、社会運動めいたことを始めていました。その成り行きで、ついやりすぎて、国会にまで行ってしまった、という感じがあるからです。

じつは、ここのところが議員としての私の重大な欠陥だった、とのちに思い知るのですが、その点はあとでじっくり話すとして。

そんなわけで、なぜ出馬したのか、はさて置いて、どんな道筋で議員になったのか、を話します。これなら、明らかに答えられますから。

でも、かなり込み入った話でもあるので、語る機会はあまりありませんでした。まとめて心ゆくまで話すのは、これが初めてです。

議員にいたるまでの自分の軌跡を考え、整理するのには、落選後二〇年ばかりでこと足りました。むろん、その間、考えに考え、考え詰めるような勤勉さは持ち合わせません。折に触れて考え、全体が明るく見えてきたのが、そのころだったということです。

その前に。ずっと遡《さかのぼ》って一二歳のころ、学校の帰り道だったと思います、銀座のどこかでデモ行進に出くわしました。

なんのデモだったか知りません。黒っぽいひとびとが幅ひろくジグザグに行進していた、という、それも今では印象ほどの記憶しかありません。ヘルメットにタオルで覆面した男たち、という印象は、学生運動についてののちの見聞によるものかもしれません。

でも、地面から膝へ、脚から腹へと感じたそのリズミカルな地響きと、それに驚き感動した気分ははっきり記憶しました。ひとの行進がたてる地響きを私は初めて体験し、驚き、そして、なぜだか高揚しました。今にして言うなら、正義のようなものをその地響きに感じて、高揚しました。ぜんぜん怖くはありませんでした。

これは、私のノリやすい性状を示すと同時に、私が国会議員になった一因として、まぎれもなく時代の状況がある、ということの象徴的なエピソードです。そう私は考えています。

同じ時を生きた同級生たちもこんな機会に出くわしたことがあったに違いないのです。どう感じたかは別として。そういう時代の都会に育った、ということです。

時代に乗って

やがて、少なからぬ同級生は大学へ行き、七〇年安保闘争時代の激しい学生運動にまき込まれていきます。いい加減に受験して案の定落ちた私は、生まれて初めて学業と芸業の二足の草鞋《わらじ》から解放されて、のびのびと芸業一本の生活を味わっていました。

芸術を至高とするアタマで、政治や社会問題には、まるっきり無知。総理大臣の名前もろくに言えなければ、当時、評判だったはずのべ平連（ベトナムに平和を！市民連合）も知らない一八歳でした。政治には興味がなく、ただ漠然とした嫌悪感だけ抱いていました。

しかし、学生運動には親近感を持っていました。思えばこれも、六〇年代七〇年代の学生運動ブームとでもいうべき時代に影響されていたということでしょう。

むろん独自の傾きもありました。自分が政治に無関心でいること、および、芸能人というどう考えてもヤクザな稼業でカネやひとの好意を多く得ていることに、そこはかとない後ろめたさがありました。

なぜでしょう。労働運動の気配はケもない環境で育ち、今日にいたるまでその類の思想書などまるで読んでいないのに、なぜそのような意識を持ったものやら。多量に読んだ小説や演劇の脚本、そして楽屋やスタジオでの耳学問がそのような感性を育んだに違いない、と想像するばかりです。

ともあれ、その後ろめたさが同年代のカラダを張った反政府運動への敬意となり、親近感となり、その後の行動に影響したのは確かだと思います。

そんな私も社会問題に少しは通じる時がきました。

契機は、ぬくぬくとした、しかしどこかしっくりこないと感じるようになった大商業演劇企業との専属契約を打ち切って、フリーになったことでした。一九六八（昭和四三）年五月、ハタチを目前にした時です。結果、私は舞台という仕事場を失いました。いきおい、それまで副業のつもりでいたＴＶが主な仕事場になりました。

そして、フリーになってすぐの仕事、はたまたＴＶタレントとしてブレイクした仕事が、月～金のレギュラーで硬軟の社会問題を扱うワイドショー番組の司会アシスタントでした。

題材を通じて、またコメントしに出てくる流行評論家やいわゆる「文化人」、それにメイン司会者であるタレント議員との付き合いを通じて、私は政治に、嫌悪感は払拭されないまま、徐々に慣れていきました（この時代のＴＶタレント中山千夏のありようについては講談社、二〇一四年『芸能人の帽子』に詳述）。

生き方を決めたウーマンリブ

国会への道程で特記しなければならないのは、ウーマンリブとの遭遇です。

これが無かったら、それでも私は出馬していたかもしれませんが、市民運動としての政治を意識した議員活動は、無かったに違いない。その後、今日までの社会的運動への参加も無かったに違いないのです。

ウーマンリブは私にとって、社会を理解し、自分をひとびとのひとりと意識し、そのうえでひとびとと社会的な共同作業をすることへの、入り口でした。

のちに国連で女性差別撤廃条約が発効し（一九八一年。日本の締結は八五年）、日本でも女性学など女性問題の研究が盛んになって、戦後の女権運動も多面的に研究、解説されているようです。私はその方面に昏《くら》く（どの方面にだって明るくはないですが）、私の運動がそのどこに位置し、どういう意味を持つものだったか、知りません。ただ私の体験の限り、私への影響の限りで話せるだけのことです。

まず、当時は、今から見ると呆《あき》れ返らずにはいられない、完全な性差別社会でした。わけても、メディアの最先端であったＴＶ局は、ほかのメディア以上に、名門大学を出た大志を抱く男たちがひしめく男社会でした。

ですから、そこで私は彼らから、商業演劇の世界には無かった「教養」、つまりは男社会の教養を学ぶことができて、非常にトクをしましたが、それ以上に女性蔑視を体験しました。これも結果的にはトクをした、と思っていますが。

暴力的な差別こそ経験せずにすんだけれど、ソフトな差別、態度や言葉による差別、性ゆえの役割差別は日常茶飯事でした。特段、仕事に支障はないので、忘れて過ごすことはできたけれど、気持ちの基調として、不快でした。不満でした。

ところが、それ、性差別はあまりに当然のこととしてあり、男たちに悪意は感じられず、それどころか彼らは私を好み可愛がっていたので、私は面食らうばかりでした。

事象ははっきりあったのに、セクシャル・ハラスメントという言葉と概念、性別役割分担という言葉と概念、男社会という言葉と概念がまだ世の中に無く、深刻な差別被差別の体験や見聞も無いから内省することもなく、性差別の歴史も学んでいなかった（女性参政権の歴史すら知らなかった）私は、この不快、不満の原因を正しく解明することができなくて、どう処理してよいのかわからないまま、もんもんとしながら、それでも元気に生きていました。

そんな私に、アメリカ合州国由来の「ウーマンリブ」（Women's Liberation の日本式略語。私が知ったころには、これが当時の女権運動の通称になっていた）が迫ってきたのは、一九七〇年代の初めだったでしょう。

のちに知ったところでは、日本でのリブ運動のキーパーソンと目される女たちが活動を始めたのが一九七〇年ごろ。そして報道や自身が司会する番組で、私も知ります。性差別というものを問題にしている女たちが、アメリカに、そして日本にも出現したことを。

待ってました！　と高揚するほどの認識さえありませんでした。ただ、マスコミがこぞって揶揄《やゆ》するリブの女たちの「常識外れ」な活動ぶりに、なんだか痛快な魅力を感じました。

同時に、マスコミの口調に影響されて、かすかな忌避感も抱いていたのですが、徐々に、男たちが言うところの「なんでもかんでも性差別のせいにする」彼女たちの主張は、自身の不快、不満と通じるところがある、いや、それどころではない、彼女たちは正しいのではないか、と思うようになりました。

男が一人前なら女は半人前、女は社会活動できない・しないのが正常、女の本分は結婚し夫に仕え子を生み家事労働をもっぱらとすること、という、私も疑問と反発を感じていた世論に、彼女たちは真っ向反対していたのです。

しかし、そこへタナボタ式に機会が訪れなかったら、私はそのままだったでしょう。リブ運動に親近感を抱き時に勇敢にそれをＴＶで公言する風変わりな女性タレント、に留まっていたでしょう。

新宿ホーキ星

一九七三年の末ごろだったか、数人の女たちから面接の申し込みがありました。未知の女たちでした。明確な記憶はありませんが、当時の習慣に反して「未知の一般人」と面談することにしたのは、リブ運動とそれをしている女たちに、大いに興味があったからだと思います。

彼女らの記憶によると、この時は、女性を主張するイベントへの参加協力依頼だけだった、ということです。引き受けました。

こういう、いわば仕事ではない仕事を引き受けたのは、初めてのことでした。少し前なら、多分、できなかった。子役時代からの「管理される人生」を脱出する第一歩に、親と別に住むようになったところだったので、なんとか自分の勇気だけで決断できたのです。

勇気とは大げさですが、いかにも自立した同年輩の女たちを前に、奮《ふる》い立った気持ちを覚えています。

制作まで手伝い、当日は歌や全体の司会も引き受けました。楽しかった。

ポスターを含む種々制作から話者・演者にいたるまで女ばかり。著名な歌手やデザイナー（もちろん女ばかり）の協力も少なくありませんでした。〈魔女コンサート〉と銘打ったそのイベントは、一九七四年の七月に実現し、日比谷野音を満杯にしました。仲間は、これを初回として七六年、七七年と三回は開催したと言いますが、よく覚えていません。

それよりうんと強烈で、かつ重大な出来事があったからでしょう。

このイベントの中心人物、麻鳥《あさとり》（当時は岩月《いわつき》）澄江《すみえ》から、こんな話を持ちかけられました。

「女たちが集えるスペースを作りたい。新宿に適当な場所を見つけてある。ついてはその資金のために株主となって出資していただきたい」。ほかに出資者は三、四人、すべて話が決まっていた、と記憶しています。

即断で引き受けました。親元を離れたとはいえ、経済的な独立はまだ果たしていなかった私としては、思い切った決断でした（それが私の財布を握っていた母との間に引き起こした騒動については創出版、二〇〇九年『幸子さんと私』に詳しい）。

一九七四年、〈新宿ホーキ星〉が始まりました。女たちが、女の問題を情報交換できる常設スペースでした。すると出不精の私、しかも「一般人」との接触は避けがちだった私が、経営管理にこそたずさわりませんでしたが（数人が住み込みで管理し、怪しげなバイトなどしながら運営費を捻出していたようです）、そこで開かれる小さな集会については、積極的に企画し参加しました。カネだけ出して口を出さないのは損だ、と冗談を言っていたけれど、実はリブ運動なるものにそれだけ大きな魅力があったのです。

いろいろやりました。小さなコンサート。「男の料理を女たちが食べる」会。女権運動の先輩の話を聞く会。女の体や自宅分娩やラマーズ法についての勉強会。階下に関連パンフや本を並べたカフェがある二階の小部屋で、ちまちまとそんなことをしました。

人生の方針が決まる

こうして私はすっかりホーキ星の（いささか異質な）メンバーになりました。仲間は同年代の「有名人ではない」女たち。経歴も何もまったく私とかけ離れていましたが、性差別に不快、不満、怒り心頭にいたるまで、なにかしら問題を感じ、解決を求めていることは共通していました。そのことに驚きながら、私は参加し続けました。居心地がよかった。

ここには運動のリーダーも運動のスペシャリストもいませんでした。話し合いは具体的で、「やり方」と「考え方」の切磋琢磨《せっさたくま》は充分あったけれども、理論闘争めいたものはありませんでした。土台、リブの理論書など無に等しかったから、勉強家も無知蒙昧《むちもうまい》もさほど知識に差がなかったのです。最初は自信満々に見えた中心人物たちにしても、悩み悩みおっかなびっくり、元気だけで立ち向かっているのだ、とわかってきました。

文字通り、全員がシロウト、初心者で、同等イコールの立場でした。

知らず知らずのうちに私は、「一般人」も個々人であり、それぞれが個性的でかけがえのない何かを身に備えている、ほとんどが驚くほどの自我を持っている、という実感を身につけていきました。

運動の初体験が、そんなホーキ星で本当に幸いだったと思います。男が牛耳《ぎゅうじ》っていた学生運動や労働運動、いや、たとえそれが市民運動でも、世慣れた男たちに率いられている「能率のいい」運動だったら、私はこれほどのイコールを感じることはできず、なによりも自分の問題について運動をやっている実感を持てず、人権感覚の根幹である個人の視点も、理論は学べたかもしれないが、実感としては持てないままだったでしょう。もちろんその経験が、私の生きる方針を大きく決定することはなかったでしょう。

ホーキ星で私は、性差別のみならず、あらゆる差別を心底憎む感覚を身につけた。男性的価値である権威権力を否定する感性に染まった。差別に抗する人権感覚を獲得するには、猛烈な自我こそが不可欠だと悟った。

そして、生きる方針が決定しました。

今後、差別を助長するような方向での仕事は決してするまい。できれば、今後、差別される者が減るような方向で、仕事をしよう。すでに言動が公になる立場にいるのだから、なおのことだ、と。

政治の必要を知る

もうひとつ、ホーキ星で私は、出馬への道につながる重大な認識を得ました。これは、市川房枝（故人）など、戦前からの女権運動をしてきた先輩たちの、じかに聞いた語りから得ました。ホーキ星の仲間が、先輩諸姉の話を聞く会を開いてくれなかったら、私は決して、彼女たちの話を聞く機会は持たなかったでしょう。そして、この認識も持てなかった、と思います。それはこういう認識です。

政治は、女にとって重大である。私個人にとって重大である。

なぜか。

差別の事象は個々の人間関係に表れるが、そのよってきたるところは歴史を背負った社会的慣習であり、その牙城が法律であり、法律を決めるのが政治であるからだ。

法律から差別を無くすことは、社会的慣習から、個々人の意識から、差別を無くすことにつながる。しかし、逆はありえない。どんなに個人の意識から差別を無くす努力をしようとも、法律に差別がある限り、差別の慣習や意識は無くならない。
また戦争は（今なら、戦争と原子力発電は）、個々の女の人生に大きな災難をもたらすが、軍備や開戦を決めるのは法律であり（原発を造るのは原発推進の政府政策に基づく法律であり）、それを生み出す政治である。法治国家である限り政治は無視できない。

この当たり前の認識を、私は差別を考えるなかでやっと持つことができたのです。
政治には相変わらず嫌悪感がありました。政治家になって立法にたずさわろう、とはまったく思いませんでした。ただ、差別の解消に政治は無視できない、としぶしぶ認めたのでした。

リブ運動は、とくにホーキ星周辺は、男たちが牛耳る学生運動の性差別に失望し離散したところからスタートした女たちが多かったものです。当然、政治の重大さはイヤというほど認識しつつも、運動にもある性差別にうんざりし、従来の政治（男社会の政治）とは距離をとりながら、女自らの意識改革と性の平等への法改正に向かう、そんなスタンスでした。盛んだった優生保護法反対キャンペーンなども、そんな道程での運動でした。

それなのに私は真逆もいいところ。いきなりリブ運動に飛び込み、そこで政治の重大さを認識したのです。

距離を保つ余裕もなく政治に引き込まれたのも、当然の成り行きというものでした。

ホーキ星の消滅

夜空に尾を引いて飛ぶホーキ星は、魔女の乗り物であると同時に、一瞬をも表します。名付けたひと（私ではない）は、それを意識していたかどうか。〈新宿ホーキ星〉はほんの一年足らずで消滅しました。もっと長く感じていたのは、活動が充実していたからでしょう。

一九七五年、リブ運動に刺激された国連は、この年を国際婦人年と定めました。そして、メキシコシティで、第一回国際婦人年世界会議を開きます。ここから「国連婦人の一〇年」がスタートします。これが七九年採択、八一年発効の女性差別撤廃条約につながり、八五年、日本もこれに加盟したことで、法律や慣習上での性差別の解消、女性の社会進出が大いに進みました。

こう見ると、メキシコ世界女性会議は画期的なものでした。官界政界からリブ周辺の女たちまでが浮き足立ったのも当然です。

前年くらいから、女たちからちらほらこの会議のことを聞くようになりました。けれどもまだリブの新米で、政治からも遠く、国際政治などはるかかなたのことだった私には、そのニュースはひとごとでした。

しかし、翻訳出版を通してアメリカのリブを日本に持ち込んだ国際感覚豊かなインテリ女性や、リブと政治の関係を理解している筋金入りのリブ連中は、敏感でした。まして、女性会議では、NGO（非政府組織）による交流、会議も受け入れるとわかると、色めき立ちました。そして多くがメキシコ会議に出かける算段をつけて、日本から飛び立ちました。〈新宿ホーキ星〉の大黒柱だった麻鳥澄江もそのひとりでした。彼女は約束通り、出資金を出資者に返して場をたたみ、メキシコに向かったのです。

メキシコ世界女性会議をよそに私は、七五年、女が女を語る座談会「男たちよ！」を連載し（『男たちよ！』、七七年、話の特集から単行本として出版）、七七年には少女に心身の自立を伝えるための『からだノート』（ダイヤモンド社）を出版しています。一部学校での性教育にも利用されたこれは、女性の編集者グループに持ちかけられて、リブ仲間の協力を得て、私が執筆、挿絵も描きました。

七九年に出した『中国ノート』（話の特集）は、ホーキ星で知り合った女たちに誘われ、女性訪中団を組んで中華人民共和国を見学に行った記録です。

ホーキ星の姿は消えても、その軌跡はしっかりと私に刻印されていた、ということでしょう。麻鳥ほか仲間たちとの連帯は、今も続いています。

政治は『話の特集』から

国会への具体的な道を作った外的要因としては、月刊誌『話の特集』（一九六六〜九五年）とのかかわりが決定的でした。

執筆陣に加わったのは一九七一年か七二年。主流を外れた冒険志向のカルチャー誌として、若者やクリエイターに人気のあったこの雑誌に迎えられて、私はちょっと得意な気持ちでした。連載で「千夏が引き受けたページ」などの題でエッセイを書いていました。

それを見ると、当時盛んだった成田空港建設反対闘争の農民たちに強く共感を抱いていたことがわかるし、七二年の末からは、青森市小館《こだて》桜刈《さくらがり》地区の村民が市と対決した「し尿生捨て場反対闘争」を一年にわたってレポートしながら、村民を積極的に支援しています。なかなか社会的です。当時、そんな若いＴＶタレントはほかにいなかったように思います。

ところで『話の特集』は、新聞記者だった矢崎泰久《やざきやすひさ》が興し、社主と編集長を兼ねて経営している雑誌でした。矢崎は、おもしろい人物にはすぐ興味を持ち、接近し、彼らをうまく動かして、世の中をあっと言わせるようなイベントをするのが好きな人物です。だから、公的私的なイベントを通して矢崎の周囲には、常連執筆者の非組織的グループができていました。

また矢崎は、私的には「遊び人」でありながら、反権力の硬派なジャーナリストの姿勢を堅持します。それが反映して雑誌も、周辺のグループも、反権力リベラルを基調に硬軟、左右、入り混じった色彩でした。それを喜ぶ読者、支持者が多いいっぽうで、その生ぬるさを批判して「話の特集文化人」と呼び、軽蔑する向きもある。そんなグループでした。

むろん、こういう解説ができるようになったのは、ずっと後年のことです。七〇年代半ばの私は、ただ斬新なクリエイターたちと知り合って、楽しく遊びながら、執筆以外のイベントにも付き合っている、そんな感じでグループの一端にいました。

矢崎がプロデュースするイベントには、政治的色彩を帯びたものや社会的運動の一環もありました。際立って意識することなく、お付き合い感覚で、私は徐々にそうした活動に引き込まれていきます。

社会的イベントの初体験は七五年の〈のんすとっぷ24時間〉だったでしょう。ホーキ星が消えた翌年です。

これは、矢崎らが〈日本ジャーナリストクラブ〉（ＪＪＣ。記者クラブ制度が排除している中小の会社やフリーのジャーナリストが、大企業の記者と同等の取材権を得るために企てられた。現存する）をスタートするに当たっての、旗揚げと資金集めを兼ねたイベントでした。

一九七五年八月一三日から一四日にかけての二四時間、だだっぴろい新宿コマ劇場は、ほぼ常時、賑《にぎ》わっていました。話の特集周辺のクリエイターが、ビジュアルな部分や歌舞音曲《かぶおんぎょく》に駆り出されました。むろん論客として登壇する執筆者も多く、ジャーナリストたちが人脈を駆使して招いた数多《あまた》の著名な政治家と激論を闘わせました。裏方は、若手のジャーナリストたち。私は二四時間通して総合司会をしました。

司会はＴＶで慣れていました。でも、ジャーナリストたちが集まっての事前の打ち合わせに誘われ、参加したのは新しい経験でした。場所はＴＶジャーナリストのばばこういち（故人）宅、出席者は矢崎のほかに、ＮＨＫからフリーになっていた龍村仁《たつむらじん》、知っていたのはその三人くらいで、ほかにこれで知ったひとたち、若手の森詠《もりえい》、戸井十月《といじゅうがつ》（故人）、当時東京12チャンネルにいた田原総一朗《たはらそういちろう》などがいたのを覚えています。

それまでの私はもっぱら取材される側。ジャーナリストはアチラ側の存在。その彼ら（文字通り彼ら。男ばかり。それも高学歴の）と席を並べているのは不思議な感覚でした。むろん、大半は聞いているだけ、討論も理解は七割しかできない。でも少しも退屈しませんでした。

思えばリブ仲間との「井戸端会議」のような話し合いは経験していましたが、男たちの多少とも会議らしい会議への出席は、それまでの私の人生には無いものでした。だから興味津々でいたのでしょう。

狭間組

その前々年、一九七三年一月に、上野本牧亭《うえのほんもくてい》を舞台に〈巷談《こうだん》の会〉が始まりました。出版史上に大きく残る労働争議、光文社闘争の支援をきっかけに企てられた定期的な演説会です（主催は巷談舎）。争議はそのころ、親会社との対決にまで発展していました。

「巷談」は親会社である講談社のもじりであり、場に本牧亭（講談の定席）を選んだのもそのシャレだ。登壇者には、一流の論客や活動家が顔をそろえる。

労働争議など対岸の火事の私に、企ての世話役である矢崎はそんなことを説明して、出演を求めました。私は渋りました。本書の冒頭でも書いたとおり、講演は忌避していたからです。講演はイヤだ、と言いました。すると説得名人の矢崎は「じゃ、対談にしよう」。でも、知ら

「狭間組」結成。漫談を繰り広げる中山（左）と矢崎泰久

ないひととの対談はイヤだ。「それならボクとでどう？」。でも政治の話なんかできないし。「だいじょうぶ、それはボクがするから、なんでも言いたいこと言ってくれてればいい」

こうして漫談コンビができました。ネタは世相、政治です。「狭間組」とコンビ名も決めました。白から黒までグラデーションなのが現実なのだから、右と左の間、正邪の間、男女の間にこそ、目を配ろう、の意でした。当時、建設会社「間組」が皇居の改築を一万円で落札した、という話が騒ぎになっていたので、皮肉にもじったのでもあります。これがウケてレギュラー出演になりました。

以後、この相方は、政治への道の大きな牽引《けんいん》役となります（狭間組の対談は話の特集刊の七五年『精力舌論』、七八年『バラの花など唇に』に収録されている)。

会は月一回、三年、続きました。後年、矢崎が回顧するには。

「最初はボクがツッコミで、千夏さんはボケだった。ほんとに政治のことなんか知らなかったから、そのボケがおもしろかった。ところが見る見るうちにボクを追い抜いたのには驚いた。しまいにはこちらがボケになってしまった」

私にも、この対談とほかのひとたち（流行ルポライターの故・竹中労《たけなかろう》、社会運動家の故・前田俊彦《まえだとしひこ》、放送作家の故・永六輔《えいろくすけ》、大日本愛国党の故・赤尾敏《あかおびん》など）の講演や楽屋での談話を通じて、人民闘争や政治の分野に急速に馴染《なじ》んでいった実感が充分にあります。たしかに、だんだん矢崎にツッコんで客席を沸かせるようにもなりました。

しかしそれは、その分野の理解で彼を追い抜いたからではさらさらありません。

矢崎にそんな感慨をもたらしたとすれば、それは、同時進行していたリブ運動によって、私が、性差別に反抗する感覚と論理を、自身のものとして組み上げていっていたからです。そして、そうとは気づいていませんでしたが、それにともなって私は、政治や社会を語る時、独自の、無学な女として独自の視点を持つようになっていった。自分であれ他人であれ、そんな視点を尊重するようになっていった。そのことが私に、既存の政治論、言い換えれば男社会の教養である政治論に、怖気《おじけ》づかない気概をもたらしていたから、ではないでしょうか。

革新自由連合

一九七七（昭和五二）年に発足した〈革新自由連合（革自連）〉に参加したのも、狭間組の相方にかなり強引に勧誘されてのことでした。

ちなみに私は、経緯がどうであれ、最終的に自分が決断した以上、それは自分の選択だ、と当時から決めています。だから今も、矢崎のせいで革自連に参加したなどとは少しも思っていません。ただ、どんなわけで議員になったか、どんな議員だったかを話すのに、必要だから言うだけのことです。

さて。〈日本ジャーナリストクラブ〉の発足に参加した時同様、私に話がきた時には、「黒幕」たちの間であらかたすべてが決まっていました。私はその真相は知りませんでしたが、後日、矢崎から聞いた話では、タレント議員で人気のあった青島幸男《あおしまゆきお》（故人）が、流行作家の五《いつ》木寛之《きひろゆき》に話を持ちかけ、五木が矢崎に実行を求め、矢崎はＴＶジャーナリストのばばこういちを誘って、実現に着手したようです（その裏話については学陽書房、一九八四年に出版した矢崎との共著の小説『湿った火薬』に詳しい)。たしか青山かどこかの喫茶店で、矢崎と会って話を聞いたのは、七六年の末だったと思います。その時の矢崎の話では、その企ては、ほぼ以下のようなものでした。

①　七七年夏の参議院選挙は、保革逆転のチャンスである。われわれの代表を大量に送り込めば、既成政治家ではないわれわれが、参議院での「キャスティングボート」を握ることができる。参議院は本来、政党政治の衆議院とは違って、非政党的で幅広い支持のある人材で構成すべき院であるから、われわれ周辺の著名な学者や文化人こそが議員に相応しい。

②　参議院選挙では、全国区・地方区あわせて一〇人以上の候補を立てれば、広報でもマスコミでも、政党並みに扱われるので、有利に宣伝できる。

③　ついては周辺の著名なひとたちに呼びかけて〈革新自由連合〉という団体を立ち上げる。そのなかから一〇人を参院選に立てる。

④　団体の代表には女性、すなわち中山千夏を立てる。

即答はしませんでした。それから数日、大いに躊躇《ちゅうちょ》しながらも、革自連への参加を私は決

革新自由連合発足パーティーで。（左から）中山、青島幸男、大島渚

断します。

むろん、この団体を「反体制リベラル、もしくはリベラル左派」である、などと見極めてのことではありません。矢崎の説明はおおむね上記のとおりだったし、当時の私のアタマには、そんな知識も用語もありませんでした。ちなみにキャスティングボート（議決を決定する投票）という言葉も、この時、初めて知りました。

決断の要因は、先述のとおり、リブ運動のなかで、政治を等閑視してばかりはいられない、と考えるようになっていたこと。

政治家ではない学者や文化人を多数参議院に送る、という話に魅力を感じたこと。

自分は候補を推すだけで出馬しなくてすむこと（三〇歳未満なので参議院議員としての被選挙

権が無い、とは矢崎との話のなかで初めて知った)。

総じて、運動の後方支援の感覚でした。だから④については、相当、抵抗しましたが、テキも強硬。発足準備にかかわる会議のなかで、「複数代表制」を提案して容《い》れられ、三代表の一人として受任しました(あとのふたりは、矢崎とばば、のちに哲学者の山田宗睦《やまだむねむつ》が矢崎と交代)。

だが、現実には、筆頭代表として私が露出することになっていきます。私もそれに甘んじました。若い女性人気タレントの代表は、ひとびとの耳目を引くだろう、というみんなの意見はもっともだと思ったからです。

それに、当時はどの分野でも、トップに女の姿が目立たなかった。日本に女性党首はいませんでした。社会党の土井たか子(故人)が「党史上初」の女性委員長(党首)になるのはこれより九年後、一九八六年、私の議員任期がもう終わるという時のことです。

政治団体運営や選挙運動の能力はまったくないけれども、そこは他のメンバーに任せて、女であればこそ筆頭代表として露出する意味はある、と考えました。

オテツダイ感覚だったから、革自連という団体については、あまりこだわっていませんでした。名前は野暮ったい政党みたいだが、いわゆる政党ではないらしいから、著名人による市民運動みたいなものだろう、と理解していました。そして、政党なのだから政権構想を示せ、とか、どういう政治理論(マルクスか?ホッブズか?)に基づくのかはっきりしろ、とかいう周辺

〈参加を誘ったひとなど〉の声には、「選挙をする団体ではあるけれど、政党ではありませんから」と答えていたものです。

政治資金規正法に基づき、政党に準じる政治団体である、とはのちに知りました。よく政治家の後援会のような団体がありますが、法的にはそういうものと同様の組織だったのでしょう。とすると、この答えでよかったわけです。しかし、届け出手続きなどには一切、関係しておらず、興味もなかったので、詳細は知りませんでした。今にいたるも、政治団体や政党を作ることに関する知識は、まったくありません。

早い話が自他共に認めるオカザリの代表でした。そして、中心メンバーのほとんどは年上の男たちでした。会議によく顔を出す女性メンバーといえば、専従の事務職ひとりを除くと、映画評論家の林冬子《はやしふゆこ》だけ。当初、外部の女性の活動家から、その点を批判されました。当時は、目立つ場のほとんどが男社会で、私もＴＶ局の男社会に生きていたので、なんとも思わずにいたのですが、言われてみればまったくそのとおり、「オジサンたちのマスコット」だった一面は否定できません。

ただし、ＴＶ局と違って、仲間から性差別の不快を感じることは少しもありませんでした。原因は究明できていませんが、やはり社会的役割の影響なのでしょうか。同じ女でも、基本的に男のホステスである社会（ＴＶ局）と、男と対等な会員（さらには代表）である社会（革自連）とでは、メンバーの対応が変わるのかもしれません。とすると、少々無理をしても、女性やマイノリティーが一般人と対等以上の役割につく場を作ることは、差別行動の解消に役立つでしょう。

おかげで私も、ただのマスコットでいなくてすみました。運営委員会には必ず出席し、どんどん意見を言いました。むろん、政治論、政策論は、ナルホドと聞くしかありませんでしたが、「市民政治参加運動」の理念や、それにかかわる広報については、よく発言しました。革自連だけやっていたら、それで私は満足していたことでしょう。

先に書いたとおり、すでに私はリブ運動〈新宿ホーキ星〉の活動を体験していました。その会議、というか話し合いの経験と比較して、革自連の会議は男社会のものなのだ、一般に社会で会議とされているものは男社会の会議だったのだ、と知ったのでした。そして、女たちの会議のようなやり方もあっていい、いや、そのほうが優れているのではないか、と考えるようになりました。

簡単に言えば、男の会議は「討議」であり「闘技」です。しかもスポーツのように一定のルールで管理されています。国会がその典型。いっぽう、女の会議はルールなどない井戸端会議です。無知も口下手も声の小さい者も巻き添えにされ、置いてきぼりになりません。だから非常に効率が悪い。いっぽう、男の会議は、革自連のような柔らかい組織であっても、無知や口下手や小声の意見は捨て置いて進行します。「朝まで生テレビ！」のような討論ＴＶ番組がその好例です。効率はむろん、こちらがいい。しかし、内容はどうでしょう？　無知の意見、口下手の意見、小声の意見は無駄なのでしょうか？

被差別者は、無知や口下手や小声が（障碍《しょうがい》者の場合が端的に示すように）圧倒的に多いものです。それを汲み取るには、断然、女式会議が優れている。当事者たちの意見を捨て置いて、効果的な反差別運動はできないでしょう。男式会議では怖気づいて沈黙するひとびとも、井戸端会議でなら発言する気になれるのです。

こうして、革自連とホーキ星の会議を両方経験するなかでやっと、女主導の運動体を作る意義とその必要を理解したのでした。一九八一年に始めた死刑廃止運動の拠点を、意識的に女主導の会、〈死刑をなくす女の会〉としたのは、その理解に基づくものだったのです。

初めての選挙戦

七七年参院選は惨敗でした。

今なら、よくわかります。結党からして計画が無謀、杜撰《ずさん》だったのです。

いくら政治に不満を抱え、革自連に参加したからといって、著名人が一〇人もやすやすと立候補するはずがありません。現在の仕事で報われていればいるほど、尻込みするのが当然です。「黒幕」連中がそこをどう見込んでいたのか、あるいはどこでどう計画が歪《ゆが》んだのか、いまだに不思議です。

とにかく現実には、団体メンバーには豪華な面々が揃ったものの、著名な一〇人の候補を揃えることはひどく難航しました。メンバーの顔ぶれに興味を惹《ひ》かれたマスコミは、候補が決まってくると冷えました。最後には、出馬を願い出てきた無名なひとびとをも加えてやっと一〇人を立てました。革自連メンバーだった立候補者だけ、以下に挙げておきます。

全国区　ばばこういち（故人）　中村武志《なかむらたけし》（評論家・故人）　鈴木武樹《すずきたけじゅ》（ドイツ文学者・故人）　横山《よこやま》ノック（タレント議員・故人）

東京地方区　俵萠子《たわらもえこ》（評論家・故人）

以上は全員、供託金（ひとり二〇〇万）の没収はまぬかれるだけ得票しましたが、当選は、吉本興業に所属する漫才師の横山ノックただひとりに終わりました。

彼は六八年に初当選し、七四年の再選で落ち、再び挑むについて、青島幸男を通じて、著名

街宣に繰り出す革自連メンバーたち（東京・新宿）

人がそろった応援団として革自連に接近しただけ、こちらも員数合わせに受け入れただけで、生え抜きの「同志」ではありませんでした。当選したら革自連の議員として活動する、という一札は入っていましたが、当選ギリギリの結果しか得られなかった横山は、当選後間もなく、応援力に不満を述べて革自連を去りました。仲間はみんな憮然《ぶぜん》としましたが、政治家としてはフツウの行動だった、と今は思います。

初めての選挙を、それも母体の代表として経験した私は、選挙というものが、自身をふくむ当事者をいかに狂わせるものか、知りました。時間的にも、じっくり考えながら進行する余裕がありません。全員がアタフタし、船頭が多すぎたり留守になったりする。

そこへもってきて、革自連のような即製のシロウト団体は、ひっかきまわされる。結党時からの計画の甘さが、難航の第一の原因だったのは確かですが、外部の「かきまわし」もずいぶん私たちを悩ませました。

本来、口の軽いわれわれの集まりに秘密保持は無理、徹底的にオープンでいこう、とは私の方針でした。秘密が組織を腐らせる、と少ない知見から察知していたからです。だから、できるだけ会議はオープンにし、一部のメンバーだけが秘密を持つことはありませんでした。

結果として、私たちの動きはマスコミにダダ漏れでした。候補選びの難航の大きな原因のひとつは、マスコミの取材合戦だった、と矢崎は分析しています。たしかに、要請を受けたひとが革自連に回答する前に、マスコミが駆けつけ、不出馬の回答を記事にしてしまい、当人も翻意しにくくなる、ということがいくつかありました。メンバーの多くがマスコミ人だったのですから、それを防ぐのは不可能だったでしょう。

さらに事務所には、じつに怪しい記者などが自由に出入りしていました。確証はありませんが、あとで考えると「テキのスパイ」もしくは「テキの工作員」としか考えられない出没のタイミングであり、挙動でした。候補選びの難航は、彼らのおかげも多分にあったと思います。

また、革自連が失墜した大きな要因のひとつに、「日本女性党」の出現があったでしょう。革自連ができて間もなく結党し、無名の候補一〇人（すべて女）を立て、揃いのピンクの軍服で登場し、耳目を集めました。党首はピル（避妊薬）解禁の過激な運動で知られた女性薬剤師。私のリブ運動の仲間内では疑問のある人物でしたが、マスコミではリブの代名詞のようになっており、ＴＶや雑誌の売れっ子でした。それで、遠い有権者は、私を代表とする革自連とこれを混同し、革自連も過度にふざけたイメージになって主戦場から押し出されてしまいました。

政党扱いになる、という期待も、選挙公報レベルにとどまり、マスコミは泡沫《ほうまつ》扱いに転じました。

選挙後、日本女性党はさる既成政党の工作だった、という話がマスコミ人士から伝わってきました。まさか、と思いつつも、党首自身は立候補しなかったこと、選挙運動が真剣に見えなかったこと、そして一人の当選者もなく選挙が終わると、即日、解党し、彼女はリブ運動からもマスコミからもすっかり姿を消してしまったこと（しばらくは私生活で週刊誌に登場していたが二〇一六年現在は消息不明）などを考えると、選挙そのもの運動そのものではない何かの戦略があったと思わずにはいられません。

ともあれ革自連は、一挙に著名人を一〇人立てる、というメダマの戦術も、代表が女性というオマケの戦術も、すべて裏目に出て終わったのでした。

革自連の方向転換

ほかの小さな選挙母体を見ていると、負け戦の中で仲間割れする例が多いようです。革自連は終始、それがなく、中心メンバーはいつまでも「同志」のままでした。革自連なきあとも、いい仲間として連帯は続いています。もっとも今やそのほとんどは他界しましたが。

当初の選挙計画が失敗したうえ、横山に去られて議員を失った革自連に、存在意義があるかどうか。当然ながら、選挙後の運営会議では、それが議題になりました。

私は継続を強く主張した側でした。

発足当初、あるひとにこんなことを言われたのが、心に打ち込まれていたのです。

「どうせ軽佻《けいちょう》浮薄《ふはく》なタレント文化人の集まりだ。どんと一発、選挙花火を打ち上げて、それで終わり。運動を続けるつもりはないのだろう」

私は詰まりました。先のことなど考えていなかったからです。改めて胸中を探ると、たしかに、この選挙限りで手を引くつもりがあった。だが私は、そうだ、とは言えませんでした。

そう言う彼女もＴＶや紙誌のコメンテーター、タレント文化人だったのですが、それは、出身が市民運動家で市会議員である、という条件の上でのことでした。リブ運動でも先輩として付き合いがありました。そんな彼女に面と向かって、先行きの考えもなく運動を始めたとは、さすがに恥ずかしくて言えなかったのです。

たぶん私は曖昧《あいまい》に彼女の疑いを否定しました。同時に、胸の中の「この選挙限りで手を引くつもり」をも、きっぱり否定しました。

それで継続を主張したのです。

選挙中、私たちは「市民の政治参加」を提唱しました。それは、メンバーも候補もいい意味で職業政治家ではないことを、強調するためでした。外野からは、市民運動もしたことのない有名文化人たちが、なんの市民だ、というヤジが聞こえてきました。『話の特集』に親しい市民運動家も少なくありませんでしたが、当初、革自連には接近していませんでした。

外野のヤジも、市民運動家たちの疑いも、もっともでした。今さらながらではあるが、一市民として、選挙だけではない「市民の政治参加」を実質的にやっていこう、と私は継続を主張しました。

矢崎やばばは、もともと革自連はこの選挙だけのイベントと考えて発足していたので、継続案には消極的だったと記憶しています。資金面をも全面的に担当していた矢崎などは、よほど辞めたかったのではないかと思います。

しかし、会議では、「市民の政治参加」運動として継続しよう、という意見が多く、ついに矢崎たちも同意する結果になりました。

言ってみれば、一時的な選挙母体として企てられた革自連が、選挙の敗北を機に、「市民の政治参加」運動体へとシフトしたのでした。そして、発足の時とは違って、この転換には私の主張が大いに影響を与えています。

この時期、私自身も、その政治活動を忌避されてTVタレントとしての需要が減ったのと、自らTVを拒否したのとで、TVタレントからライターへと、実質的にも意識的にもシフトしつつありました。

学びの革自連

それ以後、私は革自連の活動を、抵抗感なく、大部分で主体的にできるようになりました。〈市民政治学校〉はその代表的なひとつです。

革自連には、哲学者の久野《くの》収《おさむ》（故人）をはじめとして、市民運動に親和性の強い優秀な学者がたくさんいました。歴史、哲学、思想や社会運動の方面に通じた学者たちとは選挙で共に戦

〈市民政治学校〉で登壇する講師の宇井純

いました。おかげで彼らとよく話す機会を持ち、彼らから個人的に、なにかの折に学んだことは数知れません。

むしろ選挙後、活動を共にしたひともあります。〈市民政治学校〉は、水俣病の告発や公開自主講座「公害原論」で知られた環境学の宇井《うい》純《じゅん》（故人）を主な講師に立てた勉強会でした。これで私は、募集に応じた「一般市民」といっしょに、環境について多くを学びました。とくに、宇井の引率で、公害問題の現場、水俣や志布志《しぶし》湾などを見学し、現地のひとたちの話を（番組のインタビュアーとしてではなく）聞いたことは、貴重な経験でした。

また宇井が連れてきた原子物理学者の高木仁三《たかぎじんざぶ》郎《ろう》（故人）から、原子力発電の仕組みと危険を学んだのもこの関係です。おかげで私は比較的早い時期から、原発はダメだと知ることができました。こののち、一九八〇年に立候補した時のビラには、男女平等、死刑廃止などと並べて「原発反対」を書いています。

選挙後には、元々『話の特集』に親《ちか》しかったべ平連のひとたちとも、なにかと交流するようになったので、市民運動や学生運動、労働運動とかかわる機会も増えました。

成田空港管制塔を反対派が占拠して立てこもった時（一九七八年三月）も、革自連に近かった活動家の線から、現場へ入って反対派を励ましました。

選挙活動もありました。これについては相変わらず無知で敬遠気味の私でしたので、矢崎ら他のメンバーの意見によって動きました。主に革新政党、とくに社会党の依頼を受けて、主要メンバーは各地首長選挙応援に多くの時間を割きました。「社共のブリッジになろう」という矢崎たちの路線に従って、私も苦手な政党選挙を革自連代表として応援してまわりました。

この方針が「社共路線」と呼ばれる一部運動家から非難される路線だった、と知ったのはのちのことですが、なぜそうした非難がありえたのか、今にいたるもわかっていません。矢崎も同じだと思いますが、私たちはそういう理論面では、まったく運動のプロではありませんでした。今も同じです。

だが自前の選挙戦と違って、これもある意味で勉強になりました。それまで縁のなかった政治家を見知りました。そして、政治家も人間だ、個人としてはいろいろなひとがいる、ということを実感として理解しました。なかには、個人として心から信頼するようになった政党政治家もあります。それに、これもまた縁の薄かった革新系の組合運動家たちを見知り、知識としての彼らではなく、現実の人間としての彼らに触れもしました。

振り返ってみると、この時期、私は、社会について、また社会人の政治活動について、無意識のうちに学んでいたのだと思います。

立候補

ここから出馬まで、記すべきことはあまり多くありません。

三年たち、また参議院選挙が迫りました。

一九七九年七月に三一歳になった私には、被選挙権ができていました。

仲間の大勢が私に出馬を求めました。

千夏が立てば、真に「同志」で戦う革自連らしい選挙ができる、勝ち目もある、という意見でした。私も同感しました。前回の、出馬依頼に走り回った苦労にくらべれば、立候補は楽なことでした。

たったひとつの障害は、私がまだ母の配下を完全に抜け出せていなかったこと。母の、いささか度を越した娘への保護意識、管理傾向を騒がせないための対策に、協力してもらうことを主な仲間に約束してもらって、私は立候補を決意しました。

今回はこぢんまりと、全国区から私ひとり、もうひとり人権運動で知られたライター千代丸《ちよまる》健二《けんじ》（故人）が、応援を兼ねて東京地方区に立つことになりました。当落は気にせず、革自連らしい選挙、市民運動らしい選挙をやろう、と計画しました。

運動員は、選挙カーの運転者のほかは雇用しないで、新聞などでボランティアを募りました。これで知り合った「当時の若者」のなかには、今も時折、イベントで顔を合わせるひとが何人かあります。資金はカンパを基本とし、街頭でもカンパを集めました。永六輔、指揮者の岩城宏之《いわきひろゆき》（故人）をはじめ著名な仲間の多くが可能な限り選挙カーでマイクを握り、街頭に立って、市民こそが選挙の主役である、共にしっかり選挙をしよう、と市民の政治参加を訴えました。街頭では私は主に「参議院による非政党政治の意義」を唱え、「投票は非政党候補に。私がイヤなら市川房枝に」などと演説していました。

みんなの尽力で革自連らしい選挙を全《まっと》うできて、満足でした。とは言うものの、正直言って、ステージで歌ったり芝居をしたりすることにくらべれば、市民の政治参加を説いてまわる演説の日々は、なかなか苦痛な毎日でしたが。

曲がりなりにも三年間、「市民の政治参加」運動をした成果というものでしょう、私たちは以前よりずっと周縁の信用を得ていました。

選挙事務所には、怪しい記者などの影はなく、新聞で募集を知って集まった若いボランティアたちが、実働派著名人メンバーの中村《なかむら》とうよう（当時『ニューミュージック・マガジン』編集長・故人）や、事務局長の村上重良《むらかみしげよし》（宗教学者・故人）といっしょに立ち働いていました。運動家で立川市議（当時）の島田清作《しまだせいさく》ほかの全国革新市議の会のような団体も支援にやってきました。社会党のひとたちや労組のひとたちが個人的になにかと支援したのも、この三年間の活動によるものだったでしょう。

いろいろな左派が支援している運動、成田闘争などの支援をしていたことで、レッキとした革命党派のメンバーも支援に現れ、手慣れたビラ配りなどこなしていました。一般市民に遠慮しながら、なにひとつグチをこぼさず、にこにこモクモク働く彼らに、私は感動したものです。

むろん、メンバーの学者文化人、タレント芸能人の仲間も、〈市民政治学校〉の常連たちと共に、力を込めて実働していました。東大革自連を自称する学生もいれば、この選挙で私が死刑廃止を言っているのを知って、支援に飛んできた〈死刑廃止の会〉のひとびともありました。

死刑廃止運動は当時、（少なくとも東京では）この会だけ、という現状を知って、私は驚きました。そして代表だった物理学者の水戸《みと》巌《いわお》（故人）の導きで、死刑囚・孫斗八《そんとはち》を描いた『逆うらみの人生』の著者、丸山友岐子《まるやまゆきこ》（故人）と知り合い、意気投合、ふたりで〈死刑をなくす女の会〉（八一～九五年）を始めました。

私たちの会は〈死刑廃止の会〉に次いで、イベントや出版を通じて、死刑廃止運動が低調な時代に少なからぬ刺激を与えたと思っています。人権運動の世界的組織であるアムネスティも、日本支部ではまだ死刑廃止運動は個人的にしかやっていませんでした。国連が死刑廃止条約を出すのは一九九一年、弁護士会が死刑廃止を打ち出すのはその数年前ですから、じつに少数派の地味な運動でした。当時にくらべれば一般の理解は深まっているものの、いまだに日本国は（アメリカ合州国などと並んで）死刑廃止条約を批准していません。

強力な牽引車だった丸山の死で会は閉じましたが、私の運動はささやかに続いています（私の死刑廃止論は一九九六年、築地書館『ヒットラーでも死刑にしないの？』にまとめた）。

まさに我が陣営は有名無名色とりどり。それがさしてモメることもなく共に働きました。船頭が多すぎる場面も、少なすぎる場面もほとんど見ませんでした。私はのびのびと、イヤではないやりかたの選挙運動をすることができました。自分のやりかた、自分の言葉で有権者に訴えることができました。

そして、あなたたち一六二万の票を得て、第一二回参議院議員選挙全国区第五位で当選しました。

最も私の立候補に熱心だった矢崎は、責任上、中山議員の補佐を務めるべく、第一秘書として国会に入りました。第二秘書は、一九九三年ごろからの私のマネジャーで革自連の事務局員も務めていた白石哲三《しらいしてつぞう》、第三秘書にはボランティアで選挙戦に参加した二四歳の鈴木敬子《すずきけいこ》が就任しました。四人はひとつのチームとして、慣れない仕事によく挑んだ、と思います。ちなみに、彼ら三秘書は私をセンセイと呼ばず、これまでどおり「千夏さん」で通しました。ほかでは、自分の議員をサンですますのは、共産党の秘書たちだけだったようです。

全国区一位当選は、返り咲きの市川房枝でした。戦前からの婦人参政権運動で知られた市川の中心母体はもちろん日本婦人有権者同盟でしたが、前回、市川が落選したことに衝撃を受けて集まっていた支援者のなかに、若い菅直人《かんなおと》がいたことを感慨深く思い出します。将来、彼が政治家となり民主党政権の総理大臣になることも、彼が総理になったとたんに福島原発大事故が起こることも、誰ひとりとして知りませんでした。

議員の記録は山ほど

一九八〇（昭和五五）年の選挙で最年少の参議院議員となり、一期六年、国会にいました。その間、参議院議員としてなにをしたか？

私にとっては、女性差別撤廃条約の批准とそれに伴う国内法整備（男女雇用機会均等法制定など）が、任期中、最も大きな出来事でした。八五年のナイロビでの世界女性会議に、婦人議員団の一員として参加したことは、感銘深い経験でした。しかし、これは別に私がいなくても、成立した事案です。

法務委員会で、何十年ぶりかで死刑制度を質疑したのは私でした。これは私がいればこそ、でしたが、多くの議員や政党を動かすことはできませんでした。死刑廃止議員連盟ができたのは、私が辞めたあとです。死刑は今もあり続けています。

反対した法案はほぼすべて通ってしまいました。

とくに、私がやった、と自慢できることはなにもありません。

ただ、議員活動の記録は山ほどある、ということを報告したい。

出馬に当たって考えました。もし当選したらなにをするのか。

私も、選挙を担った革自連の仲間も、政権を目指してはいませんでした。私たちにとって、政権構想は誇大妄想に思えたので、公約でも、その旨を言いました。

もちろん、仲間と一致する方針、独裁ともいえる長期自民党政権に対抗する活動、非戦・人権擁護の政策に与《くみ》する活動をするのは当然のことでした。

加えて、三〇そこそこの、とくに政治や社会を学んだこともない私が請け合える仕事といえば、第一に国会での見聞を有権者に伝えること、第二に市民運動とのパイプ役になること。それしかなかろうと思い定めて、立候補しました。そう公言もしました。だから、議員活動の公表はぜひともしなければならない仕事だったのです。

参議院法務委員会で初質疑に立つ中山

それで、俳優を自任していた間（外目にはＴＶタレントであった時代も私のアイデンティティーは俳優だった）、大の苦手で固辞し続けていた講演も、義務としてするようになりました。ＴＶも、タレント活動はしない方針でしたが、政治関係の番組には出ることにしました（例外として、惚《ほ》れ込んだ漫画『じゃりン子チエ』

のアニメの声だけは任期中に引き受けている）。

しかし、得意はやはり執筆です。

職業的に執筆を始めたのは一九六九年。TVタレントとしてブレイクしたころです。単行本の初出版が七〇年、小説も始めて八〇年には数冊の短編集を出しています。書くことが楽しい。議員活動報告を書くのは望むところでもありました。

当選後、革自連の月刊機関誌『UPL』に日記風の議員活動報告を書きました。「議員ノート」と銘打って。

多い時は月に原稿用紙一〇〇枚書きました。パソコンはもちろんワープロもまだ普及していなかったので、もりもり手書きしました。楽しく読めるように、余計な感想やジョークも織り込んで書きました。任期前半のぶんは、一九八一年から八三年にかけて、全八巻の単行本として、刊行しています。（『中山千夏議員ノート』①〜⑧、それぞれに題がついている。発行元は話の特集）。

書けば、少なくとも投票したひとの一割くらいは読んでくれるだろう、と期待しました。購読料で革自連の運営費が賄《まかな》えるかもしれない。売れる書籍の執筆や編集をしてきた仲間と、勇躍して仕事にかかりました。しかし。

どんなに著名人が居並んでいても、政治団体の機関誌などというものは、よほどの組織力と拡販努力がなければ売れないものである、と私たちは学びました。

機関誌の購読数は、最盛期で一〇〇〇部弱、平均数百程度だったでしょうか。単行本『中山千夏議員ノート』が任期半ばで絶えたのは、売れ行きが上がらず出版社がお手上げになったのが主因です。だがやめるわけにはいかない。革自連を閉じた一九八三年以降は機関誌の名も『地球通信』と改め、議員個人の機関誌として、八六年の再出馬まで出し続けました。「議員ノート」を掲載し続けました。

ほかに朝日新聞に連載した『鏡の国のアリス』（主に一般感覚から見て奇妙な国会のありようを書いた。一九八三年、朝日新聞社から単行本として刊行）、『国会という所』（国会の仕組みを解説した。八六年、岩波新書）があります。これらは比較的よく読まれ、新書のほうは最近でも読者の声が届きます。

院内会派

参議院に入って間もなく、私はほか二名の無所属議員と共に院内会派「一の会」を結成しました。

一議員が持てる権利は、法案に対する賛否だけと言って過言ではありません。それ以上のなんらかの権利、たとえば議会での発言権を持つためには、院内会派に所属する必要があります。つまり、発言権は個人にではなく、会派という単位に与えられ、会派の大きさによって権利の大きさも決まります。政治団体（政党）をそのまま会派とする政党もあれば、いくつかの政治団体が集まって「○○党・○○会」と連名の院内会派を作ったり、まったく新しい名を名乗ったりします。改選時に会派は改組されるのがふつうです。

「一の会」のほか二議員は、かなり高齢の元首長でした（元大津市長・山田耕三郎《やまだこうざぶろう》、元東京都知事・美濃部亮吉《みのべりょうきち》、両者とも故人）。当然ながら会派結成に積極的だったのは、私です。ふたりは、ほかに参加したい会派もないし、ひとりでいてもいいのだが、付き合おう、というくらいのスタンスで、私の提案に乗りました。三名は、会派とされるのに必要なメンバーの最低数でした。

じつはその前に、無所属議員の院内会派としては老舗的な存在だった「二院クラブ」から参加の打診がありました。

二院クラブには、同じテレビ番組で仕事していたタレント出身議員が三名もいました。ひとりは、事故で下半身不随となり、七七年に出馬、政治家の兄の関係で自民党に近い政治家となった八代英太《やしろえいた》。あとのふたりは革自連と浅からぬかかわりのあるタレント議員。革自連発足の「黒幕」のひとりだったにもかかわらず、さっぱり活動に参与しないままの青島幸男と、青島の紹介で七七年参院選の革自連名簿に加え、当選したものの、革自連の選挙努力に強い不満を述べて去った横山ノックです。彼ら、とくにあとのふたりが革自連の活動を軽視ないしは無視していることは明白でした。

いっぽう、この三年間の市民運動的な活動によって、革自連の主だったメンバーは、明確な同志意識と、革自連の存在意義に自信を持つようになっていました。それだけに、この誘いを受けての革自連の運営委員会では、中山を、二院クラブに都合よく員数だけで使われるという懸念が強く、会派名を連名〈二院クラブ・革自連〉でなら受ける、という提案をすることになりました。

提案は受け入れられませんでした。それで私は別に会派を組むことにしたのです。

この時、のちの政治状況を知っていれば、革自連も二院クラブも、別の選択をしたかもしれません。少なくとも革自連の仲間は、もう少し違った対応をしたでしょう。

二院クラブの代表だった市川房枝はほどなく逝去し、青島幸男があとを襲いました。

一の会では、山田と私が交代で世話役のようなことをして、公害現場の見学などの勉強会を開いたものです。

政党の反撃

いよいよ、この後に起きた政争について書かなければなりません。この部分が、報告に最もアタマを悩ませた部分です。

語り尽くせないほどの入り組んだ出来事がありました。その大部分は、自分にもひとにも、とても簡単には解説できないことばかりでした。だから当初はなおのこと、つい最近まで、自分にもひとにも、話しかねていたのです。一部は例の「議員ノート」に書きましたが、読み返すのも思い返すのも気の重い日々でした。

しかし、第1章で詳述した「個と社会」についての考察にいたって考えてみると、そのごたごたの大半は、私を含む関係者の個人的資質と個人的関係に深く起因することばかりです。小説にはいい題材でしょうが、一六二万の投票者に対して被投票者がする報告に、そこは無駄だとわかりました。

有権者にとって問題は、政治的社会的な事象とそれについての考察だけなのだから、私も「社会人として」記述すればいい。

その視点を持った時、この間の事態の記述がごく容易になりました。ひいては本書に着手することができました。

わざわざそんなことを考えなければならないとは、常日頃、いかに私が「個人」で語り書いてきたか、それしかないと思い込んでいたか、わかろうというものです。


さて、中山千夏の当選で活気づいた革自連は、三年後、一九八三年の参院選にむけて、結党当初の計画、多くの仲間を参議院に送り出す、ということに希望を持ち直していました。私もまったく同じでした。外からの仲間の支援はありましたが、国会ではまさに孤軍奮闘でした。ひとりでもふたりでも「同志」として信じられる仲間が国会に入ってくれれば、どんなに仕事がやりやすくなることか。

私自身はまだ改選ではありませんでしたが、残りの任期がどうなるかがかかっていました。ところが、状況は困難になっていきました。

無所属著名人の高得票当選は、既成政党政治への批判を意味します。既成政党人の憤懣《ふんまん》と反撃は、選挙制度の改変、という形で現れました。

私が参議院に入って間もなく、参議院選挙の法改正作業が目に見えて進みました。全国区は広すぎて選挙活動がままならない、カネがかかる、ダーティな選挙の原因である、という理由でした。いかにも無名のひとや既成政党にとってはそうでした。

そこで、「拘束名簿式比例代表制」の導入が立案されました。参議院選挙を、全面的に政党による選挙に変える案でした。

従来の、個人が立候補し個人に投票する全国区は比例区と名を変え、ルールががらりと変わります。

個人での立候補はできなくなります。政党が候補者名簿を提出し、有権者は政党に投票することになります。

今も根本は変わらず続いているのでご承知でしょうが、「拘束名簿式」とは、提出する名簿で候補者の順位を明らかにして選挙する、というルール、「比例代表制」というのは、各政党が獲得した票に「比例」して、議員定数を各政党に割り振る、というルールです。割り振りには、ドント式という、一般人には非常にわかりにくい算術が用いられます。そして各政党、名簿の順位一位から順番に、割り当てられた員数を当て、当選者が決まります。

有権者の側から言えば、比例区（全国区）では、個人への投票は不可能になります。

立候補者の側から言えば、党派に属さなければ立候補できません。

結果としては、全国区出身の参議院議員は、いずれかの政党の党員、もしくは政党に属する議員のみになる。地方区はもともと政党候補が強いので、参議院が政党政治に牛耳られること

選挙制度改悪に反対する無党派市民連合の面々。（前列右から）青島幸男、中山、八代英太。二列目左端に山田耕三郎

になるのは明らかでした。

当時も無党派層と呼ばれる有権者が多数を占め、その票が全国区の党派に属さない立候補者、つまり私ほかタレント候補や著名候補に流れていました。その対策に既成政党が打ち出した案であることは明白でした。

しかもあからさまなことに、当初は、選挙運動も個人がしてはならない、個人の名前を宣伝してはならない、という厳しさでした。明らかに、全国的に広く票を集めて当選してくる著名な無所属候補を排斥して、有名政党に所属する無名な候補に利する選挙法です。

その後、無所属勢力が激減すると、個人名の宣伝の禁止は緩和されましたが（政党から出る著名人を有効利用するためでしょう)、決まった当初、八三年の参院選はこれで行われることになりました(参議院議員の任期は六年、三年ごとに半数ずつの改選)。

個人で全国区に立ち大量得票してきた議員たちにとっては、当然、大きな打撃でした。

もちろん、宿命的に党利党略に走りがちな政党政治に歯止めをかけることを参議院の存在意義とし、党派に寄らない著名人を参議院に多く送り出すことを目指していた革自連には、まさに大打撃でした。

この案が通れば、否応なく革自連も政党選挙しかできなくなります。苦手な政党選挙をしたとしても、政党政治化が明らかな参議院に、仲間を少々送り込めるかどうか。その現実を、運動として問い直すことを迫られることになるのでした。

しかし世情は私たちに厳しいものでした。政党政治をよしとする多くの知識人は、「党利党略の政党政治に歯止めを」という参議院ブレーキ論に冷淡なうえ(彼らのなかでは、アメリカ合州国のような二大政党による政治を期待する者が、多くなっていました)、政党は右から左まで、だだっぴろい選挙区での選挙活動に悩んでいたので、この案を支持しました。

そして多数有権者は、二院制における参議院の意義などにかかわりあうヒマはなく、自身の生命や経済に直接関係のない法案には、興味がなかったことでしょう。

無党派結束の失敗

大きな政治変革を招来しなければ政治に直接かかわる意味がない。これは、学者文化人やタレントを中心とする集まりであった革自連の、いわば宿命的な基調でした。少々の変革努力なら、それぞれの仕事を通してすればいい、という逃げ場のようなものがあったからでしょう。

それが、この難関に直面すると、ひとつの議席を確実に得る、という方法よりも、この難関を好機に転じる、という策に走らせました。それは、無所属議員（無党派議員）の大団結と、無党派層の市民運動との結合によれば、大きな勝利が得られる、という希望になって、私たちを動かしました。

私たちはこれを、無所属議員の既得権を守る運動ではなく、参議院の政党化に反対する、無党派市民の主導による運動だ、と認識していました。それは、市民の政治参加を唱えてきた革自連、認識としても実態としても政党ではなく、日本婦人有権者同盟などと同様な市民運動体であった革自連としては、ごく自然なことでした。

そのうえで、一の会、二院クラブのメンバー、および日本婦人有権者同盟その他の市民運動体に、結集を呼びかけました。

今ならこう考えるでしょう。そもそも国会という役割社会には、市民の存在する余地はない。あるのは陳情者だけである。そんな国会で役割を果たそうと立候補してきた議員は、政治的立場の如何《いかん》を超えて、市民主導の運動には決して馴染《なじ》まない、と。既成政党が近寄るのは、自党の路線、自党の利益にプラスになる市民だけです。無所属議員といっても「一人一党」が常識的な感覚なので、自党の利にかなう限りでしか、市民運動に寄りません。市民運動主導の選挙など、とうてい受け入れられないものなのでした。

事実、議員サイドには不満の色もありましたが、市民こそ主役、が常識だった私、というよりも自身、市民運動で議員をしているつもりだった私には、彼らの不満がただ非民主的に見えたので、強引に説得し計画を推し進めました。

そして、無所属議員六名と革自連、日本婦人有権者同盟ほかいくつかの市民団体とで、選挙に向けて〈無党派市民連合〉という政治団体を結成するところまでこぎつけました。

しかし、先に話したとおり、議員メンバーの大半は選挙での市民運動の意義に理解がありませんでした。応援団ならともかく、市民主導の選挙母体には馴染みませんでした。

加えて「政党ではない政治団体」である革自連のわかりにくさが、ほかの議員に、その政治目的に疑い（一部メンバーの個人的利益が目的ではないかという疑い）を生じさせました。いきおい、無所属議員の大団結を阻害したい陣営にとっても、革自連は格好の弱点、マスコミも加わっての攻撃目標となりました。

それなら、と私は革自連を脱退までしましたが、革自連に利用されるという彼らの疑心は拭《ぬぐ》えませんでした。時間に迫られていたこともあって、脱退は他の代表と相談したのみ、結局メンバーは新聞でそれを知ることになりました。運営委員会でそのことを、厳しく追及されたのは当然だった、と今は思います。

反省しています。当時の私は、社会的役割についてまったく浅慮でした。革自連といえどもひとつの社会的組織です。そのメンバーは、ことに代表的人物は、社会人として、革自連内外に去就の責任を負わなければなりません。それなのに私は、まったく個人的に行動し、それが仲間に理解されるべきだと思っていたのです。最終的に仲間は理解しましたし、その後も仲間であり続けましたが、火事場騒ぎのただなかであったにせよ、軽率でした。

中山議員を応援するのでやってきた、それがいなくなったのでは革自連存続の意味がない、という意見、千夏が辞めても革自連が打撃を受けるだけで、議員結束の助けにはならない、という意見などが出ました。その議論のなかで、私はこう言って、顰蹙《ひんしゅく》を買いました。

「有権者は革自連ではなく中山千夏に投票したのだから有権者への裏切りにはならない」

これは現実だったろうと今も思っています。しかし、そのことと、革自連の存続に影響するような行動を個人としてとっていいかどうかは、別問題です。

ちなみに、私は今、当選した議員が自ら所属する党を解党したり鞍替えしたりすることに批判的です。当時はそんなことまで考えてはいませんでした。革自連はいわゆる政党ではなく、新たに作った無党派市民連合と内容はそっくりでしたから、まだほっとできますが、一有権者として今は、議員がふらふら所属を変更し、党がやたらに合体したり分裂したりするのは、じつに有権者に対してけしからんことだと思っています。

私が革自連を辞めても無所属議員たちの結束は望めない、という意見はそのとおりでした。立候補を辞めるか、あるいは〈無党派市民連合〉の名で闘うしかない、という時期になって、青島議員が突如脱退、これに動揺して次々と四名の議員たちが脱退してしまいました。結党時（八三年三月）に結んだ「合意書」を守って動かなかったのは、労働運動の経験もある山田耕三郎議員（一の会）ひとりだけでした。

有権者との間に立つマスコミも、多くは政党政治を是としており、私たちの反対を単に自分たちの選挙活動の不利に対するものと見る報道に終始したので、私たちの意見と動きはまともに伝わりませんでした。

三度めの選挙

無党派市民連合で臨んだ1983年の参院選

その時、選挙は辞めるのが、傷は少なくすんだかもしれません。しかし、〈無党派市民連合〉には議員だけでなく、代表を引き受けた英文学者・中野《なかの》好夫《よしお》（故人）、そして市川房枝亡きあとの日本婦人有権者同盟のメンバーをはじめとして、革自連以外の市民団体のひとたちや学者文化人も集結していました。会議では選挙に消極的な意見もありましたが、結束の理念は正しいのだから、それを主張する運動としてでも選挙をしよう、という方向に落ち着きました。

結局、八三年参議院選挙に、私たちは〈無党派市民連合〉の立候補者名簿を提出しました。ひどい状況での参戦でしたが、名簿に名を連ねた一〇人は、しんから無党派の結束を願って決心した、掛け値なしの「同志」たちでした。

1 永六輔（作家、放送タレント）
2 矢崎泰久（ジャーナリスト）
3 飛田洋子《ひたようこ》（日本婦人有権者同盟郡山メンバー）
4 前田俊彦（元福岡県延永村村長、三里塚空港廃港要求宣言の会代表）
5 岩城宏之（NHK交響楽団終身正指揮者）
6 伊川東吾《いがわとうご》（俳優、市民運動家）
7 安増武子《やすますたけこ》（市民運動家）
8 長谷川《はせがわ》きよし（歌手、ギタリスト）
9 林冬子（映画評論家）
10 水戸巌（物理学者、芝浦工業大学教授、市民運動家）

ごらんのとおり名簿の一位は永六輔でした。個人宣伝を禁じられていたおかげで、今も大多数の有権者は、永六輔の立候補を知りません。

昨今できた政党、しかも内紛でさんざんマスコミの非政治的なネタの餌食になった政党に、票は集まりませんでした。一位くらいは、と望みをかけていた仲間は、がっかりし、私は政治的な非力を思い知りました。一〇人分四〇〇〇万円の供託金（値上がりしていました）は、すべて国に没収されました。

ちなみにこの選挙に、青島幸男は二院クラブの名で候補者名簿を提出し、順位一位の作家・野坂昭如《のさかあきゆき》（故人）だけが当選しました。彼は、五ヵ月で参議院を去り、名簿の二位が繰り上がり当選となりました。計画的だったかどうかは知りません。

私たちにそのような計画はありませんでした。永に一位の立候補を交渉したのは私です。永は即答で引き受けました。その時、もし当選したら、本腰を入れて活動するつもりだったことは、私がしっかり聞いています。

最後の選挙

以後、三年間、私はそれまでと同じように、議員活動と「市民の政治参加」運動を続けました。八三年の負け戦のあと、革自連は閉じましたが、狭間組は健在でした。矢崎はそれまでおり、中山千夏議員の国会活動を補助しました。革自連のコアなメンバーだったひとたちも、変わらず共に活動しました。幸い、革自連の運動で培《つちか》った貴重な人脈は保っており、その後も補強されていきました。

そうして、また三年がたち、八六年参議院選挙が始まります。今度は私の改選がかかっています。私としては国会には心底うんざりしていました。それをよく知る仲間たちは、私がそのまま引退しても非難はしなかったに違いありません。

しかし、考えました。一度みずから名乗り出て公職についた以上、たった一期で勝手に辞めるのはおさまりが悪い。有権者の支持を失くした、とはっきりさせて辞めたい。無闇に名簿で出るのではなく（その力も私たちには残っていない）、意味のある地方区に出てみよう。

仲間たちと相談して、私は激戦の東京地方区に出馬を決めました。住処ではあったし、自民党が二議席を狙っていたので、阻止しよう、というのがその意味でした。「当選したらもう一期だけやる。落ちたら二度と立たない」と仲間に告げて、立候補しました。選対の事務局長は、革自連結党以来の同志、芸能ジャーナリストの加東康一《かとうこういち》（故人）でした。

選挙活動は、六年前にも増して、「市民の政治参加」として充実したものでした。でも結果は、次点で落選。かなり迫った次点だったので、自民党の大物氏から「よく取ったよ」と真顔で褒《ほ》められました。しかし自民はまんまと二議席を得ました。努力した社会党との共闘が成功していれば勝てたのに、しかし、それだと共産党候補が落ちていただろう、結局、これでよかったのだ、と仲間たちと言い合いました。

総括

こうして、私の参議院議員時代は終わりました。

ここで、中山千夏議員を最も近くでずっと見ていた一有権者として、議員としての彼女を批評しておきます。


中山千夏議員は、勤勉で良心的な仕事をする議員だった。「非常に」とは言えないが、他の多くの国会議員にくらべれば、そうだった。

国会にも政策にも政治にもまったく通じていなかったけれど、それを補う仲間を多く持ち、国会には精勤し、議員権限を駆使して市民運動と連携した。

議員の権力を私用することは、意識して避けていた。

保身もあって、事務所ぐるみ、金銭の扱いには清廉潔白を徹底した。

おかげで、参議院の選挙制度を巡る政争とそれに伴うスキャンダルのほかには、マスコミの攻撃に見舞われることもなかった。

しかし。

政治的には、彼女は毒にも薬にもならない議員だった。

今日に続く無残な政治路線を変える、なんの役にも立たなかった。

もっとも、彼女がもっと役立つ議員だったとしても、ひとりやふたりの議員で現状が変わったとは思えません。しかし、有権者としての読者の参考に、彼女について総括のようなものをやってみました。

薬として働く議員になるには、彼女には三つの決定的な欠陥があったと思います。こまかい欠陥は省いて、この三点を話します。

ひとつは第1章の最後に述べました。その人間性が、国会のような固い役割社会でのびのびと張り切って積極的に動けるような個性と社会性のバランスではなかった、ということです。

これは有権者からはよく見えません。だからあまり投票の参考にはなりません。

ただ、私が見るところ、芸を仕事とし、芸能芸術の社会で長年生きてきたひと、つまり個性を生かしやすい、ゆるい社会に慣れたひと、いわば自由人には、こうしたバランス、つまりがっちりした役割社会には向かないバランスのひとが多いようです。
候補者の経歴から、こうした点を類推することはできるでしょう。

ふたつ目は、経済力が無かったことです。収入は早くからありました。しかし、自分自身で資金を運用する、という意味での経済力は、まったくありませんでした。結局、自分の思い通りに家計を運用できるようになったのは、国会議員を辞めてからです。

市民運動や政治活動に出資することを、家族に了解させる力もありませんでした。立候補を告げた時、祖母（母の母）はこう言ったものです。

「政治をすると分限者であっても井戸と塀しか残らない、それを田舎（熊本）ではイドヘイと呼ぶ。政治はその覚悟でするものだ。井戸も塀も無いような者がやってはいけない」

経営を握っていた母はこれを盾にとり、そんな余裕はない、と立候補に反対しました。

それはいわゆる政治家の選挙であって、私たちはそうではない選挙をするのだ、と抗弁はしてみましたが、とはいえタダではすみません。それを巡る彼女らとの対決がどれほどの波乱になるか考えただけでうんざりした私は、資金は一切出さない、カンパで賄う、と約束して立候補する安易な策に走りました。

だから、選挙資金や活動費の工面は、私自身のそれも含めて仲間たち、ことに矢崎に負わせることになりました。もちろん、自分で経営できるようになってから、当然のこととして矢崎の負債を助けるというかたちで、間接的には出資し、曲がりなりにもイドヘイを経験することになるわけですが。

そのさまを見ていたあるプロの政治家が矢崎にこう言ったそうです。

「供託金だけはぜったい候補に出させろ。身銭を切らせないと本気で戦わないから」

おかしな考えがあるものだ、と当時の私は思ったものでした。私はカネを出す出さないが、さほど人間の気に影響するとは思っていなかったので。今も自他の動向を見るにつけ、人間がそう単純にカネで動くものとは考えていません。

ただ、ここでカネの話をしたのは、自身の家計すら動かせない議員に、国会を動かすような働きはできない、という考えからです。加えて、非協力的な家族を持ち、それすら解決できない議員は、国会を動かすような働きはできない、とも思います。

友だちに働きのいい女性議員がいますが、彼女は夫から子どもまでが彼女の活動を支持しています。これまで女性が政治をし難《にく》かったわけもここにあります。男は、家長になってしまえば、家族が家長を支持するのは当然、という伝統に乗っかって、思う存分活動できる。しかし女は、収入があるだけではそもそも家長の権力を持つことができなかった。そういう伝統が根強くありました。家族の協力を得るのにも、伝統はかえってじゃまになり、自力を頼むしかなかった。それが、女の政治家としての活躍を阻んできたのは確かでしょう。

しかしこれは先の欠陥以上に、有権者には見えにくいものですね。ただ、私の場合、仲間のサポートがよくあったので、家族や経済力の問題をなんとかクリアできました。どんな仲間がついているか、どんなグループに属しているかは、有権者にも比較的よく見えます。それを通して候補者の状況を類推できるでしょう。

ところで、件《くだん》のプロ政治家の意見は、もしかするともうひとつの彼女の欠陥に通じるのかもしれない、のちにそう考えるようになりました。

第三の彼女の欠陥は「出したいひと」だったことでした。


「出たいひとより出したいひとを」という標語を覚えておられるでしょうか。

よく調べると、戦前、やたらな立候補を抑制しようという動きのなかでできた標語らしいですが、七〇年代には、選挙浄化運動のなかでよく使われていました。「ただ議員の地位が目的で出たがり、金銭をばらまくような候補は拒否しよう」という意味合いで。

清潔な選挙を目指すひとびとには人気の標語でした。私も、そうだそうだ、と思っていました。ところがある時、「そう言うけど、やっぱり議員は出たい人でなくちゃあ」と選挙慣れした誰かが言うのを聞きました。小耳に挟んだきり、深く考えることもなかったのですが、議員を辞めてから、どこか心にひっかかっていました。

そして、そう、ほんの四、五年前、あの言葉は正しい！　と思い至ったのです。


前の項に書いた経緯でわかるとおり、私は「出たいひと」ではなかった。これが議員としての私の大きな欠陥、その三です。

これも先に書いたとおり、最終的に私が決断したのだから、出馬も議員になったのも、私自身の選択だと、当時も今も思っています。

しかし、「出たいひとではなかった、推されて出たひとだった」ということは、事実でもあり、実感でもあったので、意識から拭い去ることができませんでした。

また、これも先に書いたとおり、私は一定の政治的意見は持っていても、政治家になろうとは少しも思っていなかった。政策についての意見は言えたが、政治家になってああしようこうしよう、という意気込みはなかった。ただ、市民政治参加運動の一環として、仲間の望みどおり選挙に立ち、万一、当選したら市民と国会のパイプ役になろう、というだけだった。

総じて言えば「出たいひと」ではなかった。ということは、人民のためにせよ自分のためにせよ、なんとしても議員をする覚悟がなかった、ということであり、これは政治家としてはとても大きな欠陥だと思います。有権者としてそう思います。

議会は弱肉強食の戦場です。無法の戦場と言っていい。実際に暴力団まがいの態度でいる議員もいます。彼らは院内規則という法によって力を得ています。

院内規則というヨタ法は、力を持つ党派によって作られ運営され、国会内では一般の法以上の力を持っています。なにしろ、有権者や裁判所の了解もなしに、議員を「懲罰」にかけて活動妨害することができるのですから。国会のコピーでやっている地方議会でも同じです。

院内規則にかかると、議員の権力は得票数（支持者数）によるのではありません。一律平等ですらない。大きな党派の議員ほど、強い権力を持つ仕組みです。院内では無党派議員は、弱者の最たるものです。その党派のなかでも、大きな派閥ほど権力を持ちます。

私見によれば、一票の重みなどというものは、投票時に平等であったとしても（それすらおざなりにされているのが現状ですが）、院内規則や党則によって、まったく不平等になってしまっています。それが国会の現実であり、現実を正している時間の余裕は、国会政治にはありません。

そこで議員に必要なのは、なにを置いても、自己の存在を主張する積極性です。とくに院内では無力な無党派層を代表する議員には、強力な積極性が不可欠なのです。

品よく清潔に自らに恥じぬ行動ばかり心がけていたのでは、自身の良心にはいいかもしれないが、一般人には無い議員としての力を充分発揮できません。ことに野党の議員はそうです。言うなれば、院内での「違法闘争」を辞さない積極性、むしろ進んでやる積極性が、野党議員には必要なのです。

ここのところは、被差別者が差別に抗する時と、まったく同じです。たとえ法を破ってでも差別に抗する積極性がなければ、差別とは闘えない。

権利の不平等に抗議して、あちこちの党派に怒鳴り込むとか、会議中に「不規則発言」して訴えるとか、あるいは実効はなくとも、パフォーマンス的な言動をして院内外に存在を主張するとかの、積極性が。

その積極性の背骨が、掛け値なしに自ら立ったという認識であり、心底それを感じられる出馬までの経緯だ、と考えるようになりました。つまり「自分は出たいひと」だった、という確固たる自己認識が、なんとしてでも政治で成功する、という覚悟となり、議員としての積極性を励ますのです。

先の話の、身銭を切って出馬する、イドヘイも厭《いと》わない、ということも、この覚悟を補完するひとつなのかもしれません。

積極性こそが議員の必要条件である、という考えになってみれば、旧来の候補が「やる気」

を喧伝《けんでん》し、「オトコにしてくれ」「国会に送ってくれ」と懇願して、自ら「出たいひと」だと有権者に示すのは、故ないことではないのでした。

私にはそんな積極性が欠けていた。根っから「出したいひと」だったせいだ。それにまた、議員でいなければならないような政治的目標も、個人的事情も無かった。

そう気づいてから、同僚だった議員の誰彼を思い起こしてみると、「出したいひと」はみんな、私同様、積極性を欠いていました。「出たいひと」は見事に積極性を発揮していました。
その他の議員をざっと見ても、良くも悪くも「出たいひと」が積極性を発揮しています。

今は、実効のない存在を示すだけのパフォーマンスも、単なる議席確保ではなく、議席確保につながる支持者へのエールだと考えられるし、あからさまな議席確保の戦術も議員なら当然のことだ、と考えることができる。

つまり、今はこう理解できているのです。

「政治は本質的に駆け引きなのであり、駆け引きとは欺瞞《ぎまん》、詐欺などと同じ線上のものである、だから時と場合によって欺瞞が強く臭うものなのだ、政治家である以上、それは避けきれるものではないし、避けきろうとすることは政治活動を充分にしないことなのだ」と。

しかし当時は、周辺のそうした活動が、ただハシタナイと見えていました。

言い方は悪いが、出たがりでハシタナイ議員でなければ、いい働きはできません。

むろん逆は必ずしも真ならず。「出たい」だけで大政党を渡り歩くような、有権者にとって役に立たない議員も少なくありません。でも、よい政治目的を実現するのにも議員としての存在を主張するこうした積極性、ハシタナイほどの積極性は望ましい、今はそう思っています。

こんな総括をとおして、私は、国政であれ地方行政であれ、議員であれ首長であれ、投票をする時にはこんな点をチェックするようになりました。

① 自ら出たい人か。
② 明確な（私の意見に合致する）政治目的を持っているか。
③ よい運動仲間（党や政治団体）のサポートがあるか。

以上が投票を決める時の注目点になっています。

第3章

それからこれから

社会人の文体・個人の文体

最終章となるこの章では、それから私がどうしていたか、なにを考えたかを報告します。しかし思えば、自分が投票した議員が引退してからどうしているか、なんて、有権者にはどうでもいいことですよね。

けれど、どうしても書きたい。書いておきたい。どうやらそう思うのは、有権者への報告をする、という社会人としての私ではなく、同じ政治状況を生きてきたひとびとに、なつかしさのあまり声をかけたい、という個人としての私のようです。

だから、この章はオマケとして受け取ってください。

念のために言い添えますが、私に個人と社会人との二面があって、使い分けているのではないのです。第1章〈ひとは個人で社会人〉に、個人と社会人が共存するイメージについて書きました。

ジキル博士とハイド氏のように、昼は社会人、夜は個人として存在する、みたいなイメージではありません。ひとりの人間の個性と社会性は複雑に絡み合い、流動的にそのどちらかが多く前面に表れる、そんなイメージです。

人間性のありようは、個性と社会性という二色の流動的な繊維で織られた布のようなもの。そう私は考えています。経験と状況によって、個性と社会性と、どちらかが多く表に表れる。個性が多く表立った場合の行動が、個人としての行動、社会性が多く表立っている場合の行動が、社会人としての行動。

むろん、意識して使い分けることはできますが、どんなに器用なひとでも、完全に使い分けることはできない。そういう感じです。

さて、第1章の冒頭〈回顧録にしないために〉で、おおむねこう言いました。

本書が単なる回顧録ではなく、多少とも有権者に資するものとなるように、「個人として」ではなく、「社会人として」書いていきたい、つまり社会性を意識的に際立たせた文体で、自己の政治活動を報告したい、と。

この、社会人の文体、ということについては、じつはある印象的な余談があります。

私の友だちのなかに、唯一、本格的な革命家がいます。日本赤軍の重信房子《しげのぶふさこ》です。といっても交流はわずかなものです。一九七〇年代に『話の特集』の企画で、往復書簡を何回か連載したのが最初でした。面談したのは一度だけ。八〇年代初頭に、彼女たちが活動していたアラブを訪れ、一夜語り明かしました。

私はすでに議員でしたが、当然ながらこれは私的な行動でした。彼女のほうでは、当時、アラブ情勢を日本の民衆に理解させようと、日本のマスコミや市民運動家たちとの話し合いを盛んにしていて、私を迎えたのはその一例に過ぎません。

以後、時に手紙のやりとりはしましたけれど、まったく会っていません。日本で投獄されてから、一度面会に行きたいと思いながら、果たせていません。

私が友情を持つようになったのは、わずか一夜のお喋《しゃべ》りからでした。彼女の話は情がこもっていて少しも理屈っぽくなく、活動の説明も、だから私にもわかりやすいものでした。出会いに別れに、情を表すことも躊躇しないひとでした。

友情はあっても、私は武力革命家にはなりたくないし、手伝いもできません。言ってみれば、「なんかしらんけど、私の親戚のねえちゃんが、革命家いうのやってるのよ」という心持ちに、私はなったのでした。

ですから、私と彼女の関係は、私にとってごく個人的なものです。今、日本の獄中で病をかかえている彼女の身を、心配しています。

ところで、ある有名な作家が、重信の小説を書きたいと思いたち、獄中の彼女に取材したことがありました。無理だろう、と私は思いました。案の定、しばらく取材したのちに、その作家は執筆を断念しました。「小説になるような話が少しも出てこないから書けない」ということでした。往復書簡を経験し、少しは重信の著作も読み、一度は面談もしていた私は、まさにそれを予想していたのです。

その小説家は人間の情念を描くのに秀でた作家でした。実在の公人に取材しても、その社会性よりも個性をえぐり出して描く流儀なのです。ところが私が知る限り、重信の語りは見事なまでに彼女の社会性を表すものばかりでした。彼女はもっぱら社会人としての面のみで語り書くのです。

私には、それが重信の自然に見えました。個性を保護するためにあえて個人生活を隠すわけではなく（世界の官憲から自身と周辺を守る、という都合はあったでしょうが、それも革命家たる社会人としての姿勢です）、重信の自然な個性と社会性のバランスがそうなっている。革命家たる社会人としての心身が、彼女の大部分を無理なく占めている。

だから、面談すると充分に感じられる彼女の情が、彼女の文章には表れません。ただし冷たいのではなく、情熱は充分伝わってくるのですが、会って感じるようなしっとりした情は感じられない。それは彼女の個性の特色であって、だから社会的な文章には表れないのだと思います。もちろん私信ならいくらか個性が立ちますが、公の文では表れません。それは、彼女が公に個人的な文を書く必要を認めておらず、社会的な文章ばかり書くからなのです。

さらに言えば、他人が読む文章において、彼女に個人的な文は書けない、私的真情や私的生活は書けない、のではないか、と私は思っています。他者と対したとたんに、彼女を社会性が満たしてしまう、それが彼女の自然なありようなのではないか、と。革命家に向いている、と私が思う所以《ゆえん》です。

したがって彼女をモデルにした私的小説は、真っ赤なウソなら書けても、彼女に取材してのドキュメントのかたちでは書けません。それでいい、と思います。むしろ、それがいい、と思います。革命家を、アイドルに仕立てる必要はないのですから。

さて、じつは私は、重信房子のように書こう、社会人の文体で書こう、と本書にとりかかりました。参議院議員という政治活動の報告には、それが相応しいと思ったからです。

ただし、私は生来、「社会人として」よりも「個人として」が突出した語り手であり書き手です。それが私の自然です。それに、私の社会人経験はごく貧弱なので、仕上がりはまったく違ったものになるだろう、とは思いました。それでも、社会人として書く、という姿勢を意識してとりながら、書いてきました。

しかし、読み返してみると、努力はうかがえるものの、やっぱり私は社会性よりも個性で語る傾向が強い、と認めざるをえません。

この章では、いっそうその傾向が強くなるでしょう。

なぜならば、生来、個性が立っている私が、国会ではずいぶん無理をして社会性を立てて活動しました。そして国会を出てからの私は、まるでその反動のように、個性を立てて生きました。そんな時代になってからのことを書くので、個性が浮き立たないわけにはいきません。個人としての私の語りにならないわけにはいきません。

でも、単なる回顧録ではなく、少しでも読者に資するように、という姿勢は保ってゆくつもりですから、よろしくお付き合いのほどを。

潜伏の日々

さて、議員を辞めて晴れ晴れとはしたものの、野に戻ってどうするのか、この時もまた確たる計画はありませんでした。「天下り先」が決まっているはずもありません。ホーキ星で決めた方針、「差別になるような仕事はしない、できれば差別を無くす方向で仕事をする」という方針だけがありました。

とりあえず、八〇年選挙でボランティアにきて以来、秘書としてよく働いた鈴木敬子を誘って、事務所「花林舎《かりんしゃ》」を始めました。現在まで続いています。今や敬子はシゴト上の同僚である以上に、頼もしい妹です。第二秘書だった白石哲三には扶養家族がありましたので、もっと安定した仕事に転職願いました。

大儲けはできないが、なんとかなるだろう、とやってきました。好きな芸、文芸を中心にやってきました。一九八七年から二〇〇〇年までの間に、一六冊の単行本を出版しています。懐はタレント時代よりはるかに寒々しくなりましたが、自由勝手に生きるという点では、とても豊かになった実感があります。

思えば初出馬の時のポスターに書いたアピールのなかに、こんな文句がありました。

限られた資源を
分けあうために
少しは貧しくなる

決心をする。

時はバブルのさなか。非常に正しい主張だ、と言う仲間、選挙用の標語にはマズイと渋る仲間、賛否両論でした。私は今もこれが正しいと思いますし、少なくとも私に限っては、それは（さほどの努力もなく）実現したわけです。

当時以上に一部に富が蓄積し、多くが（決心したわけでもないのに！）貧しくなっている世界は、まったく私の願いとかけ離れていますけれど。

国会を辞めてからも、革自連の仲間だった市議たちの選挙は時折、手伝ってきました。不得手な街頭での応援はひかえさせていただきましたが。

〈死刑をなくす女の会〉も相方の丸山友岐子が亡くなるまで続けていました（一九九五年に解散）。講演もしました。

しかし、国会での政治活動による心身への打撃は、自覚以上だったようです。さほど落ち込んではいないつもりだったのですが、革自連は消え、仲間の議員を誕生させることもできず、刀折れ矢尽きて終わった、という落胆が、相当あったのだと思います。

だからでしょう、政治社会の話題には背を向け、『古事記』『日本書紀』の「研究」にとりつかれました。なぜこれらが軍国主義に利用されたのか見極めなければ、という理由もたしかにありはしましたが、どちらかといえばそれは、とりつかれてから出てきた後付けの理屈でした。今にして思えば、ヒキコモリの心情だったようです。

現代が耐えられない、その現代をどうすることもできない自分に耐えられないから、古代に潜伏したに違いありません。

しかし、ＰＫＯ法案（自衛隊の海外派兵を可能にした法案）の成立（一九九二年六月）には、さすがに衝撃を受け、唖然としました。国会の外にいる一般人は、こんなに為《な》す術《すべ》もなく重大な法改正を見るのだなあ、と茫然自失《ぼうぜんじしつ》、人民の無力感、とでもいったものに襲われました。そしてまた、議員でいても為す術はなかったろう（実際、国会内の野党には為す術がありませんでした）、議員であるぶん無力感は大きいだろう、議員でなくてむしろよかった、と思って、さらに無力感に捉えられ、今度は実際に海中に沈潜するスキューバダイビングにとりつかれました。ＰＫＯ法案が成立した夏にライセンスを取っています。

海中は環境も、そこにいる生き物たちも、人間社会とは大きくかけ離れた世界です。それで、人間社会を相対化して見ることができたので、ずいぶん心もアタマも自由に解き放たれました。そうして徐々に癒《い》やされ、すると、やがてダイビングは現実逃避ではなくなり、現実社会の金縛りを解き、リフレッシュしてまた人間社会に戻るための海中散歩となりました。

海中散歩は今も続いています。実際、もう遠くへは行かず、その名も伊豆海洋公園の海でゆらゆらしています。潜った数は一〇〇〇回を超えました。あと何回潜れるか、何歳まで潜れるか、秒読み段階に入ってはいますが（ダイビングについては『スクーバ・ダイビング入門――海に潜った！』［築地書館、一九九五年］、『海中散歩でひろったリボン――ボニン島と益田一』［ゆいぽおと、二〇〇八年］に詳しい）。

潜ったところがもうひとつありました。パソコンです。

筆記用具をワープロに切り替えたのは八〇年代末でしたか。筆圧の強い私は、これで長時間執筆しても肩が痛まなくなり、大いに助かりました。しかし、やがて企業はワープロの製造を止め、パソコンに移行したので、仕方なくパソコンを使い始めました。二〇〇〇年からだったと思います。

筆記用具として使うだけ、のつもりだったのですが、なんのなんの、文字が絵に変わる仕組みのおもしろさにまずとりつかれ、便利さにやられ、インターネットの大きな可能性に目を見張り、はたまたオンラインゲームの落とし穴に落ち、自分が案外、機械好きだったと知りました。今では、パソコンもカスタマイズできるものを買い、年に一度はハコを開けて掃除もできるようになっています。スマートフォンはものの読み書きには不便すぎるので使いませんが、

ホームグラウンドの伊豆海洋公園に潜るところ。2017年6月現在、潜水回数は1024。水中で撮った生物の写真もたくさん溜まった。まだ飽きない

ｉＰａｄは使っています。通信、仕事、遊びに、パソコンを使わない日は一日としてありません。

　幼いころ、ＴＶはありませんでした。電話は、持っている家が少なく、たいていは「呼び出し電話」でした。緊急連絡は電報でした。汲み取り便所、風呂屋通いがふつうで、母たちは洗濯板で洗濯し、箒《ほうき》とハタキで掃除し、子どもたちは道路や空き地で遊んでいました。父の愛車は自転車でした。

　そして今日。私は終日、パソコンに向かい、ウォシュレットに座って考えます。一生の間に、これほど急激な技術革新を味わった世代も、珍しいのではない

か、と。昔がよかった、とは言いません。伝染病は多かったし、家事は大変でした。

しかし、固定電話からケータイへ、パソコンへ、地デジへ、の変遷は、消費者が選んだものではなかった、と断言できます。公衆電話が消え、ワープロが消え、仕方なくケータイへパソコンへと移行したのは、私だけではないはずです。選ぶ余地なく、それらを使わないと社会から脱落する、と私たちの社会性を脅迫する環境を、国家と企業が作り出し、製造した通信機器によってその消費を激しく促してきたことが、この変遷の動力でした。

そのツケは、民衆にまわされる。それを明らかに示したのが、福島原発事故（二〇一一年）です。国家も企業も、痛くも痒《かゆ》くもない証拠には、街ひとつが消滅し十数万の難民を出した事故のあと、現場の放射能を封じる目処もつかず、技術の進歩も状況の改善も無いままに、原発を続けようとしています。

今、市民運動は、科学技術を国家権力や企業に悪用されないために、科学技術に通じる必要に迫られています。民衆の立場からものを見る技術者、研究者なしには、科学技術による民衆の被害は絶えないでしょう。

余計なことをする

ところで、スキューバダイビングに飽きないのは、無重力に近い体感の心地よさもさることながら、さまざまな海中生物の観察がおもしろいからです。その多くは魚類なのですが、彼らのありようは、哺乳類よりはるかに型破りです。生き物、生命の奥の深さを目《ま》の当たりにする思いで、いまだに感動が絶えません。

そんななかで、ある時、気がつきました。じつに多種多様でありながら、彼らの行動は簡素にして一様だと。およそ五つに決まっています。

食べ物を探している、食べている、相手を探している、見つけて生殖行動している、産卵している。

いつ見てもそれだけ。そのバリエイションだけです。つまり自己保存と種の保存に関することだけして、一日が、一生が終わる。いわば彼らの生活には、生物として無駄がないのですね。

それにくらべて人間は、なんと余計なことばかりしていることか、と私は驚きました。

文明との接触がほとんど無いひとたちでも、ジャングルの中でなんらかのオシャレをし、なんらかの遊びをし、なんらかの祭りをしています。文明が進むと、料理も火をとおすだけではなく、盛り付けを飾るようになる。

先進国と呼ばれるような現代社会に生きる人間、つまり私たちとなると、狩猟や採集から遠くかけ離れた貨幣経済活動に明け暮れて、そのために自己保存も種の保存も阻害されているほどです。

そうか、これが人間なのだ、生存と繁殖だけ合理的にやっていられず、余計なことをいっぱいするのが、ほかの生物とは違う人間という生き物の特色なのだ、と私は知りました。それまでも、人間はほかの生物とここが違う、という説を聞いたり読んだりしていましたが、そしてそれらは多分、私の感慨と同じようなことを言っていたのだと思いますが、印象に残っていませんでした。魚たちの生き様をじっくり見ているうちに、まさにハタと理解したのでした。

その余計な営みを文化と呼ぶのだろう、と考えました。

そして、TVで見たある老人の言葉を思い出しました。彼は生活保護を受けていましたが、その余裕の無さに対する不満を、こんなふうに言いました。

「食って寝るだけでは人間じゃないだろう」

その本当の意味が、魚たちのおかげで、やっとはっきりわかったわけでした。

人間は、生きるについて、余計なことをせずにはいられない生物である。余計なことをすることこそ、人間らしい生き方である。

そうわかって以来、私は、生活保護を受けているひとがパチンコをするのは、少しも悪くない、という意見にはっきりなりました。誤解を避けて言うなら、生活保護は、そのひとが余計なことをできる程度、つまり人間らしく生きられる程度に厚くあるべきだ、という意見になったのです。

福祉制度は、慈善精神ではなく人権精神によってあるべきものだと思っています。だとしたらその福祉政策は、すべてのひとに人間らしい生活を保障することでしょう。食べて寝るしかできないカネや環境を与えてこと足れりとするばかりか、受給者が遊ぶのを白い目で見るのは、人権精神に反したことだと思っています。

反戦パレード

ようやく、自主的に動き出したのは、二一世紀になってからだったでしょう。

矢崎泰久、永六輔、小室等《こむろひとし》を誘って、革自連での市民政治学校のような〈学校ごっこ〉を主催しました。二〇〇二年から五年間、毎週一回、続けました。

二〇〇三年には、都心で行われたイラク戦争反対の「パレード」に出かけてみる気になりました。一参加者として歩いています。見事に大きなデモでした。しかし、その様変わりに、浦島太郎に近い感慨を持ちました。

昔は、個人参加者は端役でした。それが、出発時点で世話役らしいひとたちから、「個人参加のかた前列に」と整理されました。結果として長大な行列は、思い思いの装いを凝らし、きれいな横断幕や凝ったプラカードを掲げた個人団、次いで若者たちが楽器を鳴らし踊って進むグループや市民団体、最後に、いかにも目立たない様子で組合旗が少々、というものでした。

七〇年代の私は、これ見よがしにのさばる組合旗や学生党派の旗を見ると、恐ろしくもあり野暮ったくもあり、なんとかならんか、と思ったものです。多分この行列は、そういう昔日の私の感性で組まれていました。ところが、その最後尾にほんの少しの組合連中が、うっそりといるのを見ると、なんか違うな、という思いが湧き上がりました。組合や党派はもっとのさばれ、と応援したい気持ちでした。

おそらく、政治体験を経て、私の感性が変化したのでしょう。

沿道をいくひとたちが楽しく同意できるようなデモを、自分たちも楽しくできる行進を、そうでなければついていけないよ、というのが昔日の私の感性でした。それが、いや、政治改革の訴えは野暮ったくていいのだ、真剣かどうか心底からの声かどうかが大切なのだ、それなしに政治改革などできない、という感性に変わったのだと思います。

むろん、訴えに真剣味が感じられるなら、「パレード」でもいいわけです。しかし、切羽詰まっている時に、華やかなパレードができるものでしょうか？　それができている間は、私た

〈学校ごっこ〉発足。（左から）矢崎泰久、中山、永六輔、小室等

ピースパレードに参加した中山

ちはたぶん、切羽詰まっていないのでしょう。そう今は思っています。

いずれにせよ、ひとびとの賛同を多く勝ち得ようと思ったら、抗議の表現は難しいものです。各自が模索するしかないのでしょう。ナマケモノの私は、だから効果は度外視です。自然に自分が訴えたい表現で、抗議する。それが私の能、精一杯です。

おんな組いのち

そうするうちにも、時代の全体主義化、国家主義化が不安なほど身に迫ってきました。はっとして見てみると、国際条約のおかげで法的な性差別の解消は進みましたが、社会自体がますます男性的な戦国社会へと傾斜しており、平均的に女の社会的地位も収入も低く、進出する女の多くは、単に闘争的暴力的な男社会の補完になりはてていました。

そんな世の中を見るにつけても、リブ精神を改めて打ち上げる必要がある、そう痛感しました。リブ精神といっても私が勝手に決めているだけですが、それは、「子を生み育てる肉体を持つ女性である私」の基本的人権を保障する社会、短く言うなら、女性的価値を重視する社会、それに向けて動く精神です。

そのおりもおり、同世代で在日朝鮮人二世のパク・キョンナム（朴慶南、エッセイスト）と親しくなりました。そして彼女から紹介されたシン・スゴ（辛淑玉、社会活動家）と三人で〈おんな組いのち〉を立ち上げたのは二〇〇五年です。

合い言葉は「女も男もおんなでいこう!!　非暴力社会を生み出そう!!」。驚くべき活動力を持つスゴのおかげで、すぐにサイトも開くことができました。

私のことだから、さしたる活躍はありませんが、歴史をテーマにした連載コラムを考古学者の佐古和枝《さこかずえ》と連載したり、事件があるとアピールを掲載したりして、インターネット上を主な場として今も発信を続けています。戦闘的な活動はスゴに、こまごまと説いてまわる活動はキョンナムにお任せ、のつもりです。

ところで、いまさらながらキョンナムやスゴと連帯できたのは、じつに幸運だったと思います。

例のごとく、きっかけは、たまたまパク・キョンナムと知り合い、意気投合したことで、なんらかの企図があったわけではありません。しかし、考えれば考えるほど、在日朝鮮人の女たちとスクラムを組むのは、リブ運動として理にかなっていました。

ご承知のとおり在日朝鮮人は、日本国のなかで、大きな差別を受けています。加えて、朝鮮文化が儒教の影響を日本以上に受けてきたために、その家庭やコミュニティーは家父長色が強く、そこでの女性はきつい性差別を受けがちです。加えて、彼女たちは、従軍慰安婦問題をわがこととして抱えざるをえないような歴史的背景を持っています。

総じて、日本人社会で日本人の女であるがゆえに見えにくくなっている、男性的暴力的日本社会・国際社会の真実を、彼女たちはよく見抜き、問題提起することができます。だから、彼女たちと仲間になって語り合い社会活動することは、鈍感になりがちな日本人女性である私に、心底、差別を憎む正気を保たせてくれるのです。

性差別を理解した時、私は女に生まれてよかった、と思いました。もし私がこの性格で、この程度の社会的地位で、ストレートの男だったら、性差別をこれほど理解できたかどうか、自信がありません。性のうえで自身が被差別側であるからこそ、その不当を痛く感じ、差別を憎むことができたのだと思います。ほかの差別にも思いを及ぼすことができたのだと思います。

差別を憎む正気を保つには、被差別者と仲間になるのが一番。

そう意識的に考えるようになったのは、おんな組を始めてから数年のちのことでした。積極性に乏しい私のことですから、うまい偶然がなかったら、なかなかそうはいきませんが、彼女たちの線から、女のみならず男の在日朝鮮人の仲間もできました。

とにかくチャンスを捉えるように心がけてきたおかげで、アイヌ、被差別部落出身者、心身障碍者などなど、私にはない被差別性を備えているひとびとや支援者たちと、仲間になることができています。

おかげで人権思想を尊崇する気持ちと、差別を憎む気持ちは、絶えることなく続いています。

原子力いいんかい？@伊東

二〇〇七年、東京を引き払い、伊豆半島は伊東市の山中に引っ越しました。

わがバブル時代、七四年ごろに土地と家屋を入手し、母と祖母が住んでいた場所なのですが、祖母が亡くなり、この年、母も倒れたので、跡を継ぐかたちで引っ越したのです。海抜二三〇メートルの山上にあって、海が見渡せます。集落を緑がとりまき、さまざまな動植物が生きています。とても気に入っている場所です。

このころから、知人の訃報が増えました。驚いたことに、私自身も還暦が目前でした。だから伊豆へ越した時には、半分引退の気持ちでした。社会運動も全国規模のものに限ろう、地元ではするまい、と決めて、地方紙にのんきなエッセイを連載したりしていました（伊豆新聞「ただいま雑記」現在も週一回連載中）。

そんな私を叩き起こしたのは、あの二〇一一年三月一一日、東北地方の大地震、大津波に次いで起こった福島第一原発の大事故でした。

パソコンに向かって仕事をしていた私も揺れました。伊東は地震地帯なので慣れてはいましたが、これまで経験したこともない異様なかなり大きい揺れが長時間続いたので、どこか遠くで大きい地震があった、と直感し、TVをつけました。直感は当たっていました。

それからは、ほとんど情報のないTVを横目に、それよりずっと詳しいインターネット情報を追う日々が続きました。

かつて高木仁三郎から学んだことが蘇《よみがえ》りました。さらに知識を得て、原発推進は、ひとりひとりの人間の生命と暮らしを意識的に無視して、富んだ国家、強い国家を作るための、完全な国家主義の陰謀である、これを放置すれば私たちの故郷はどんどん消滅していくのだ、と悟りました。知れば知るほど、原発は、人類史上最大の愚行だと確信しました。

そして、こんなことになるまで、たいした反対運動をしてこなかったことを、ものすごく悔やみました。

じっとしていられず、折しも引き受けていた地元の農協婦人部の講演で原発批判をしました。すると、みんな知りたがっている、ということが如実にわかったので、新旧の知識を総動員して、シロウトにわかる原発解説、原発批判のパンフレット『私のための原発メモ』を書き、我が事務所花林舎やおんな組のサイトにアップして誰でもダウンロードできるようにしました。

偶然、近くに住んでいた昔のリブ仲間が、この紙版パンフレットを制作してくれたので、以後の講演会などでずいぶん配布できました。これをキッカケに、彼女たちと〈静岡おてんば同盟〉を名乗り、今も反原発運動をする時の足場のひとつにしています。

こうして、地元で運動はしない、という方針は吹き飛びました。

伊東市は東電を使っています。近くには中電の、非常に危険な浜岡原発もあります。地元では運動しない、などと言っている場合ではない、と奮い立ちました。原発は全国にある。全国の地元こそが、地元の全力を上げて国家の陰謀と戦うべき時なのだ、と。

うまい具合に地元の同志たちと出会うことができました。今回も、おてんば同盟の天鼓《てんこ》（ヴォーカリスト）がキッカケをつけてくれたので、私としてはさしたる努力もなく同志たちと出会うことができました。

〈原子力いいんかい？@伊東〉と名乗りを上げて、活動を続けています。活動的な仲間のおかげで、テーマ・マーケットを開いたり、反原発の科学者（小出裕章《こいでひろあき》など）を招いての講演会や関連ドキュメンタリー映画の上映会を開いたり、勉強会を開いたりしてきています。最初に希望を持った、小規模水力発電所を持つことは頓挫《とんざ》していますが、市内の便利な場所になんとか事務所は構えることができました。勉強会や会議に重宝しています。

予想通り、隣人の顔も知らない東京とは違って、地元での市民運動にはなかなかやっかいなところがあります。地縁のしがらみというやつは、住んで間もない私でさえ、ひっかかることがあるのですから。私たちのイベントや講演会に集まるひとたちも、他県からの移住民が大半です。情報不足もあり、地元民の反原発の意見は、いまひとつ盛り上がりません。市議会はなにごとも国会に倣《なら》えの姿勢で、原発にはっきり反対を表明し反原発行動を私たちと共にする議員は、共産党のほかには無所属議員がふたりだけです。

それでも、仲間がいるのですから、原発反対、これだけはやり続けなければ、気がすみません。

市民運動でいく

そんなわけで、私は「市民運動」を続けています。

この言葉をさかんに耳にするようになったのは、一九七〇年前後だったと記憶しています。為政者ではないひとたちが、社会の改革を求めてする活動の呼び名は、それまでにもいろいろありました。社会主義運動、共産主義運動、農民運動、百姓一揆《いっき》、労働運動、国民運動、反体制運動、学生運動、住民運動などと。

そこへ、新しい言葉が出てきたわけですが、おそらくそれは、一九六〇年代中ごろに盛んになったベトナム反戦運動、作家の小田実《おだまこと》（故人）が代表だったべ平連などの運動から生まれたのでしょう。

運動を担ったのは、知識人や学生たちでした。職業でまとまったわけではない。階層で集まったわけでもない。党派で結集したわけでもない。ただベトナム戦争にアメリカが介入すること、日本がそれに加担することに反対する。そのことに呼応してひとびとが集まった。日本は戦争の当事国ではないし、この戦争にはアメリカをはじめ多くの国で反対運動が起きていた。だから国民運動ではぴったりこない。

そこで、多分、民主主義発祥の地とされる古代ギリシャ都市国家の自由市民の連想から、市民運動と呼ばれるようになったのだと思います。推測に過ぎませんが。

市民運動も、市という行政区を含むので、あまり的確なネーミングだとは思いませんが、かといって人民運動では一般には社会主義運動かなにかのように聞こえるだろうし、人間運動やひとびと運動では社会改革運動の気配がしない。だから、私もこの言葉を使い続けています。運動する「ひと」だけを指す場合には、市民は使いません。行政上の市民と混同する恐れがあるからです。ひとびと、民衆、人民を使い、冗談が通じる場合には、「一般民衆有象無象ピープル」などと言っています。

つまり、「政治権力を持たない一般のひとびとが、ある問題の解決のために、職業も人種も国籍も超えてする多少とも組織的な社会運動」を指して、私は市民運動を使います。

そして、重大な点に気づいたのは、つい最近です。それは、市民運動こそ個人主義が育った結果として生まれた運動だ、ということです。これは、自分が属する社会（職場や学校や国家）の利益を超えて、個人個人が抱える同じ問題を解決するための運動、社会的役割を離れた個人の運動なのですから。

個性と社会性、そして個人主義を考えたおかげです。そうして、従来の社会運動には惹かれなかった私が、市民運動には馴染んだわけも、よくわかりました。市民運動は、私の個性の尊厳と権利を、最大限に生かしながら、しかも私、生来の社会性をも実現できる、唯一の政治的活動のカタチだったのです。つまり、本格的な左翼運動家がバカにしたのも当然の、中途半端な社会改革運動なのでした。

市民運動の理解につれて、自分自身の問題もやっと明らかになりました。

個人主義者である私は、私が生きたいように生きる、というテーマから外れることができません。これは私、生来の個性であると同時に、社会的な経歴が大きく影響しているに違いあり

恒例だった紀伊國屋ホール年忘れイベント、終了直後の舞台で。（前列左から）主役の永六輔、下重暁子、小沢昭一、中山。（後列左から）きたやまおさむ、パク・キョンナム、松元ヒロ、パギやん、こむろゆい、小林啓子、小室等など。みんないろいろな市民運動の仲間でもある

ません。社会的活動のありようには、個性もさることながら、どういう境遇にあったかが大きく影響すると思います。

私は、小さいころからほぼ好きな仕事で生きてくることができました。

差し迫った経済的困難とも無縁でした。

マイノリティーのような激烈な差別を受けた経験もありません。

女としても差別は敏感に感じたものの、さほど強烈な被差別体験はありません。

芸能者としての道程が幼時から順調だったので社会的な上昇志向も育ちませんでした。

要するに、激しく社会改革へと向かう情熱が身内から湧き上がるような契機が、私には無いのです。だから闘争的でハードな社会改革運動には体が動きません。

ただ、他人の状況とその心情を察する、という、演技に不可欠な才能が、ややひとより多くあって、それに動かされているだけなのです。

共に戦おう！ と、大声で団結を呼びかけることが、私にはできません。ひとにはそれぞれ考えがある、都合がある、ひとも私も自律で生きたい、と思ってしまうからです（左翼運動家の多くが個人主義を軽蔑し、個人主義のたまものである七〇年代のウーマンリブを嫌悪したのは、だから、だったのですね）。

私は、ただ、ひとりの権力を持たない人間として、イヤなことには反対を唱え、その表明におろおろと駆けまわる。その動きが、ほかの個人の動きと同調し、その結果として社会が変わることを願うだけです。市民運動家とは、みんなそういうものではないでしょうか。

しかし、それも徹底できません。売れた芸能者のたぐいは、そのぶんだけ一種の権力ができてしまうので、本当に地道なひとより、何倍も声が大きく、動きも大きく、世の中に伝わってしまいます。個人主義者である私の声や動きが、社会改革への団結の呼びかけのように伝わってしまうことは、詐欺のように私には思われます。詐欺でも結果がよければいいのかもしれませんが、私にはそう考える柔軟性がありません。

できるだけ地道に生きる努力をしてはきましたが、完全には無理です。モノを書き公表すること、ひとに歌いかけ語りかけること、それが私の好きなことであり、仕事でもあるのですから。

そこで、中途半端に地道におろおろしながら生きる、つまりは、市民運動しながら、ああだこうだと意見を公表して生きる、という結果になっているのでした。

今や一生、これでいこうと思っています。ものごと、くっきりはっきり黒白がつくものではありませんから、中途半端に生きるのが自然かもしれない、とも思っています。

地域重視でいく

終《つい》の住処《すみか》と決めた地元で反原発運動を始めたことから、「地域」についての考えが、はっきりしました。なにしろ小さいころから長年首都に住んでいて、タレント活動から議員活動にいたるまで「全国区」でした。その間、地域社会については、実感のない聞きかじりの知識しかありませんでした。

地域で暮らし始めて約一〇年、ようやく地域社会の実感ができてきたところです。

前項で触れた小田実は、もともと関西人ですが、阪神・淡路大震災の少し前に、神戸に移住しました。越して間もなくから、「地方に暮らさんとあかん、地方紙を読まんとあかん」とよく言うのを聞きました。その考えを書いてもいたようですが、深く追求してはいなかったので、詳しい意味はわかりません。けれど、伊豆半島で暮らすようになってから、その言葉がよく蘇るようになりました。

その前は、地域とは、東京を外れた地方の一部、行政区画で言えば市町村、国家を構成する小単位、という程度の認識しかありませんでした。しかし、地域暮らしを体験し、考えてみると、地域は決して国家行政を成す一小単位というものではない、とわかりました。

第一に、少なくとも伊東市くらいの市は、行政が身近です。市議も役人もすぐ見えるところで生活しています。もちろん、この市の場合、彼らの多くは国会議員以上に特権意識をあらわにしており、市民の政治参加など頭から拒否する姿勢なのですが、それでも彼らの暮らしが主権者によく見えることは、国会議員とは比較になりません。役人、首長も同様です。

また、地域社会という言葉があるように、地域は実在の社会です。いろいろな人間がいろいろな営みをし、暮らしている社会です。そのなかで私自身も暮らしていることを、日々、実感できる社会です。いっぽう、国家に実体がないのと同じで、日本社会という言葉はありえても、そこには実体がありません。あるのは統計されたひとびとの行動だけです。国家の経済を担う大都市では、経済活動ばかりが表立ってあり、ひとびとの暮らしというものが見えません。

だから、どんな社会活動も地域でしてこそ実体となる。今では私は、聞きかじった小田の言葉を、そんなふうに解釈しています。

生きた社会である地域社会は、ひとびとの社会活動を敏感に反映する社会です。地域の伝統、人情、風土の違いから、地域社会はその数だけ違った特色を持っています。それは、誰に強制されたものでもない、地域社会が醸《かも》し出す特色なのです。良きにつけ悪しきにつけ、そうなのです。

前から、地方行政を国政と同等に扱うべきだという意見は持っていました。けれども、地方暮らしを経験してからは、それが正しい、と確信しました。地方行政こそが実在するその地のひとびと、住民の意向を多く反映できる行政です。実体のない国家というものの行政、国政は、実体のない国民の意向を反映することしかできません。

沖縄の米軍基地問題は、国政と地方行政が基本的に嚙《か》み合わないものであることを、はっきりと示しています。原発地帯の地方行政と国政の矛盾も同じことです。国政と地方行政とが対立した時、どちらを優先すべきか、私にははっきりしています。

そこに住むひとびとの実体がない国政は、地方行政に先んじるべきものではありません。

非武装でいく

反原発運動の仲間の雑談で、こんな会話を耳にしました。

「戦争には反対だけど、攻められたらどうするのか。雑誌の中国脅威論をまるまる信じてはいないが、中国や北朝鮮が攻めてこないとは言い切れないでしょう」

「ぼくも戦争がいいとは思わないけど、家族とか故郷とかは絶対守りたいと思う。その備えすらしないというのは、無責任なんじゃないかと思う」

強い主張ではなく、いかにも迷っている口調でこんな会話をしていたふたりは、地元民。五〇歳前後の妻子ある男性。ふたりは、原発が核爆弾の開発につながっている、ということも理解して、原発に反対しています。そんなひとたちでも、こんな考えを持っているのか、と少し驚いたのがキッカケで、改めて、家族、故郷、そして国家について考えました。彼らの視点から考えました。

思えば私は家族縁が薄く、今やまったく血縁家族はありません。故郷についても、いわゆる帰省するような土地も親戚も、物心ついて以来、ありません。だから、血肉となっているような家族愛、郷土愛、といったものとは無縁であって、ひとがそれを口にすると、そんなものか、と受け取るしかありません。

私が憲法第九条になんの不安もなく、賛同できるのは、そのせいかもしれない。彼らの会話を聞いてそう思いました。「無責任」と言うあたりは、家父長としての自覚でしょう。多くの男性が軍備論を受け入れるところには、やはり、家父長意識が働いているに違いない。それを目の当たりにした思いでした。

そういえば、若い男子の間で「愛する者のために武器を取る」ことが歓迎されている、と聞いたことがあるのを思い出しました。

家父長意識による武装。愛ゆえの武闘。これらは、本能ではないにしても、男子の素朴な感性なのかもしれません。

私は考えました。こうした感性と憲法第九条とは、相容れないものなのだろうか？　相容れないとしたら、絶望的です。恒久平和への路《みち》は、憲法第九条を実行すること、世界に向けて憲法第九条を掲げること、それしかない、と私は確信しているので。

結論としては、相容れる、でした。ほっとしました。

個人の武力と国家の武力を混同さえしなければいい。

憲法第九条が放棄しているのは、国家の軍備であり交戦権です。そして国家の軍備や交戦権は、そもそも、個人が愛するひとや風土を守るものではありません。

それもそのはずで、国家はひとではありませんから、ひとや故郷を「愛する」ことはできない。国家の武力は、他国との闘争に勝つことだけが目的なのです。ありていに言えば、他国の首長を脅し服従させる、しないなら抹殺するのが目的です。

歴史を、名将や大統領の立場からではなく、一般民衆、ひとびとの立場から見れば、それは悲しいほどはっきりします。軍備や交戦で愛するひとや故郷を守ることができた個人の例など、ありはしない、と。

軍事施設があったせいで空襲を受けた街のひと、強制疎開でばらばらになった家族、戦死した息子たちの母、従軍慰安婦などなどは、国家軍備と交戦による被害者でしかないでしょう。幸運にも無事だったひとたちも、国軍に守られたわけではなく、みんな自力で自分と家族を守ったのです。

さらに今、沖縄の風土をめちゃくちゃに壊し、女たちを性暴力にさらしているのは、米軍基地のかたちをとった日本国の軍備です。三四万人もの福島県人の郷土、住処、働く場所を破壊したのも、なんとしても核爆弾の技術を保持し原発大国として他国を威圧する、という国家の軍備政策によるものです。

逆に、戦争さえなければ、国家が滅んでも、ひとや風土が残る事実は、ソビエト連邦の崩壊、東ドイツの崩壊が如実に証明しました。もっと身近なことで言えば、大日本帝国は滅んでも、私の祖父母や父母は生き残り楽しい余生を過ごしました。戦争さえなければ、もっとたくさんのひとたちが生き残り、それぞれの生を過ごせたでしょう。

これが見えれば、愛するひとや故郷を守りたい家父長意識が強ければ強いほど、国家の武装には反対し、憲法第九条を支持することになるはずです。

そして、家長としての責任上、どうしても家族と郷土を武力で守る、とするなら、アメリカ合州国の一部のひとびとのように、個人が武装する権利を主張したほうが合理的です。彼らアメリカ人には、植民開始時代からの経験で、武力を持つとしたら、自分自身が持たなければ、なんの役にも立たない、と身に沁みているのでしょう。実際、緊迫した戦場では、一般人が自国の兵士の暴力を武力で撃退した、というエピソードが珍しくありませんから。

私は、個人としても武力は持ちたくありません。しかし、自身や友を守るために、この手で武器を取る局面に出くわさない、とは断言できません。けれども、ともかく、国家に武力を持たせることだけは、やめさせようと思っています。私たちにとっては、身の危険が増すだけですから。

全体主義のこと

ところで、個人主義には、たしかに他人迷惑な利己主義に陥る危険があります。しかし、全体主義（私流に言えば、「メンバー全員が同じ考え、同じ目的を持ち、その実現に向かって個々が励むことをよしとする主義」）にくらべれば、危険の度合いははるかに小さい。個人主義が個人と社会にもたらす被害よりも、全体主義が個人と社会にもたらす被害のほうが、はるかに大きい。戦争、原発、公害は、決して個人主義からは起こりませんから。これらの災害は、国家（および大企業）が陥る全体主義の産物です。

考えてみると、平和裏にであれ戦闘によってであれ、国家が他の国家と競いあうものである限り、全体主義から逃れられないのではないでしょうか。

他よりカネ持ちで武力にも秀でた国家を作るためには、為政者のみならず国民こぞって「その気になる」ことが、どうしても必要です。そのためには、ひとびとが個人を尊重する場合同様に、国家の尊厳と権利をみんなが認めなければなりません。それも、個人を尊重するのと同じ程度に、ではなく、個人の都合よりも国家の都合を重視するほどに、国家の尊厳と権利を、ひとびとが認めなければなりません。

しかし、言うまでもなく、個人のそれと違って、国家の尊厳と権利は、個人がおのずと感じられるものではありません。先にも話しましたが、「私は……である」とは、言葉を会得すればすぐに思える、言える。しかし「私たちは……である」とは、相当に社会人としての生活を積まないと思えないし言えません。自分の社会性をかきたてて個性を抑えて、やっと感じられるものです。

そんな人間に、国家の都合を最優先させるには、その国家の尊厳と権利を強力にアピールしなければなりません。言い換えれば、全体主義を国民に呑ませなければなりません。教育や宣伝というソフトな手段にせよ、暴力的な処罰を伴う法律での強制にせよ、とにかく、個人に国家を尊重させ、国家の法を優先させるべく、その社会は個人の自由、個人の権利を制限し管理しなければならないでしょう。その社会には強力な統率機関が必要でしょう。個人が社会に尊厳と権利を感じられるように、教育やパフォーマンスもしなければならない。他の社会よりも優秀であることを示さなければならない。あれやこれやと経費がかかるので、税金は多く漏れなく取り立てなければならない。

そうした方向へのひた走りが、暴走になった時、無計画な公害や原発政策、全体に従わない者や全体の方向にとって邪魔になる者の合法的な大量殺戮《さつりく》、そして戦争が出現するに違いありません。

そう見ると、社会主義国家も資本主義国家も同様に、強力な全体主義に陥るわけがわかります。国家の政治原理が、資本主義であるか社会主義であるかには関係なく、国家としての尊厳と権利を追求すればするほど、その国家は全体主義を強めていく。

今、国家間の闘争は、抑制されるどころか、経済で、武力で、エスカレートするいっぽうに見えます。自国をカネ持ちで強い国家にしようとするのは、為政者の常です。そういう国家の代表として国際的に大きな顔をし、富と名声を摑《つか》みたい、という思いもあるでしょうけれど、それが国民のためである、と信じている節も否定できません。

為政者、学者、政治評論家、などという社会の知的上層部にいるひとは、おうおうにして社会を「上から」ながめます。その視界には集団としての国民なり労働者なりが、無個性なアリか記号のように群れており、彼らの命運は個々ではなく統計でしか判断できません。その半分以上が死ねば事件ですが、一パーセント程度では統計上さしたる問題ではなく見えるでしょう。半分死んでも残りの半分が満腹で裕福なら、それはまずまず良好な状況に見えるでしょう。

こういう眼には、個々人の都合を無視する全体主義国家も、統計的に国民を富ませさえしていれば、国民にとってよい国家、と映るでしょう。私利私欲ではなく、そういう視線から、国民のために全体主義を推し進める政治家もありそうです。

ひとびともまた、やすやすと「上から」の見方を受け入れます。なぜなら、この視点は自分たちが持っていない多くの知見に基づいた、専門的で科学的な視点である、と一般に信じられているからです。こうして科学的精神を持ち、良識があり、自分の視点を疑う謙虚な国民ほど、自ら全体主義に陥っていく。私にはそう見えます。

国家のみならずどんな社会も全体主義に陥る危険が常にあるでしょう。とくに、競争原理で動いている現代では、企業も学校も他に勝つことが疑いもなく推奨され、勝つための全体主義はほとんど批判されません。

そこで個人が、社会の一兵卒として使い捨てられるのは当然です。子どもの登校拒否には、個々の原因があるに違いありませんが、私には、その深いところに、学校という社会の一兵卒にはなりたくない、という個性の主張がある、と思えて仕方ありません。

全体主義は、古来、他とオリンピックで戦ってきた国家という組織の宿命なのでしょうか。

それでも、国家によって全体主義的傾向の強弱はあります。

意識して個人主義の原理で運営されている国家では、個人の尊厳と権利は、よほど尊重されています。そこでは、国家が国家としての尊厳と権利を、内外に主張することが、かなり抑制されています。そこが、完全な全体主義国家かどうかの分かれ目のようです。

そこに一縷《いちる》の希望を見ます。為政者に、だからこうしろ、という提案はまったくできませんが、せめて自分は、「上から」見た社会風景を受け入れず、頑《かたく》なに自分の視点からの風景を事実と見る、いわば大阪のオバチャン的姿勢で、反全体主義を生きようと思います。

美しい言葉のこと

ところで、私たちを戦争協力に駆り立てる言葉は、美しいですね。

祖国のためにいのちを捨てる。

軍備や戦争には絶対反対の私でさえ、こうした言葉には、思わず美しさを感じてしまいます。いろいろと理屈を述べて反対することはできますが、一瞬にしてひとを捉える美しさには、勝てません。その美しさは、内容よりも、用語にあるのではないでしょうか。

「祖国」はじつに美しい言葉です。この美しさの正体は、何を指すか曖昧であること、抽象性が高いこと、よって奥行きと広がりが感じられることにあるのでしょう。読むひとが、たとえば家族がいる場所、懐かしい山河がある場所、思い出がたくさんある生地などなど、それぞれに思い浮かべる余地のある言葉なのです。「国家」とくらべてみると、それが歴然とします。

結局、スローガンや短い詩がひとの心を摑むのは、こうした言葉の力なのではないでしょうか。

友人でもあった寺山修司《てらやましゅうじ》（故人）の有名なこの短歌も、その一言の美しさが効いています。

マッチ擦るつかのま海に霧ふかし身捨つるほどの祖国はありや

暗い海から港まで覆う霧、そのなかに一瞬ともる小さな火、煙草を吸い込み吐き出す煙が霧と混じるのを見やりながら、戦争の虚しさを思うひと。そのイメージが強く私たちに響くのに、祖国の一言が大いに働いています。年齢、性、経験を異にするひとびとに、それぞれのイメージを喚起させる言葉なればこそ、です。

しかし、それだけに反戦歌にはなりません。戦争の虚しさを言うまでです。

寺山の脳裏に、南方で戦士した父をはじめとする兵士たちと、彼らを鼓舞した「祖国のためにいのちを捨てる」に類するスローガンがあったことは確かでしょう。この種のスローガンが

「祖国」を多用する意図は、それぞれのイメージを喚起する曖昧な言葉でひとびとの意識を一《ひと》括《くく》りにまとめ、個々人のなかにある戦争への批判や疑問を一掃し、一丸となって戦争に協力させることです。戦争は国家の政治的行動であり、個々人の愛と生命を踏みにじるものでしかないことを覆い隠すためです。

それを下敷きにした歌なので、用語の曖昧さをも引き込んでいるのでしょう。「そんな祖国など誰にとっても決して無い」から「あるかもしれない、あれば私も身を捨てる」まで、意味するところが広がっています。

しかし文学は政治的主張をするのが本領ではないので、これでいいのです。むしろとくに詩歌では、意味の曖昧さが、作品を光らせると思います。

ただ、政治を考える時は別です。社会的な行動、たとえば政府の政策を支持するかどうか考える時には、誰が何をしようとしているのか、明確にして考えなければならないでしょう。祖国に類する美しい言葉は、その実態をぼやかしてしまう、だから政治を考える時には、使わないほうがいい、と私は思いました。使わないことにしています。

クニ(国)も使いません。クニもまた美しい言葉です。だから、国家を指しもすれば郷里や故郷をも指すという曖昧さがあります。これはやっかいな曖昧さです。国家と故郷の混同という、為政者にとってはとても好都合な錯覚を、私たちにもたらすからです。

クニという言葉は故郷と連続して見えます。まるでそれぞれの故郷の集まりがクニのようです。しかし、的確な用語、国家と故郷、で考えると、その違いははっきりします。故郷とは、個々人が別々に持っているもので、個人の祖先、縁者、思い出、生活がしっかり結びついている私的な領域です。個人の間で故郷が一致する場合もあれば、そうでない場合もある。家が隣同士でもそうです。地域のどこからどこまでが故郷か、それも個人によって異なります。どこであれ、故郷の選択は個人に任されています。もちろん、家族など人間関係のしがらみで、ある故郷を選ばなければならないこともありますが、それでも、故郷そのものが個人に義務を課すことはありません。郷土愛を故郷が強制することはありません。そんな力は故郷にはありません。というのも、故郷は行政区画ではないからです。

いっぽう、国家は、市町村や県と同質の、ひとつの行政区画、行政組織です。区画に属するひとびとを統率するための権力を持っています。国民やその国土に居住し滞在するひとびとは、その国家から一定の義務を課せられます。もちろん、国家に対して一定の権利を主張し行使させることもできます。このような関係は、故郷とひとの間にはありません。

国家とは、友も恋人も家族も誰も住んでいない地図上の区画であり、好きだったり嫌いだったりする風景も無いものです。実体のない、架空の存在です。いっぽう故郷、たとえば私の場合、熊本、あるいは大阪、と聞くと実在するたくさんの縁あるひとの顔や街が浮かび、思い出の数々が風景と共に湧き上がりますが、日本国、と聞いてもなんのイメージも浮かびません。浮かぶのは日の丸、君が代、菊の紋、そして象徴としてのサクラに富士山、そうなのです、象徴しか浮かびません。為政者が象徴を重視するのは、それぞればらばらの故郷、家族、人生を持つひとびとを「統合」させるのに、象徴を利用するしかないからでしょう。

天皇は、日本国の象徴であり日本国民統合の象徴であって、この地位は、主権の存する日本国民の総意に基づく。(憲法第一条)

国家とは、象徴を通してしか私たちに把握できない架空のものなのです。

人間は、架空の存在を愛したり憎んだり、しにくいようにできています。だから実体のある故郷なら、郷土愛を持つこともできますが、架空の存在である国家については、自然にしていたのでは愛することなどできません。つまり、ひとびとに愛国心を持たせるには、かなり強引な手段が必要だ、ということです。多少とも愛国心を持たせなければ、軍備や戦争など、個人の倫理観や平安に反する政策は実行できないので、為政者はさまざまな策を用います。

その単純なひとつが、家族や故郷を国家と混同させること、そうやって家族愛や郷土愛を愛国心に引き込むやりかただと思います。

東日本大震災の前後からＴＶドラマがいやに「家族」や「家族愛」を打ち出しているのが目立つようになりました。「故郷」や「郷土」として「美しい日本の風景」を賛美するドキュメンタリーや駅のポスターも目立つようになりました。国家の意向は、今、報道や娯楽作品のかたちをとって、強力に愛国心を鼓舞している、と私には見えます。

象徴のこと

象徴といえば、最近、天皇の「お言葉」が話題になりましたね。

憲法に縛られているので、極力、国政への干渉とならないように言葉を選んだ、だから非常に遠回しな発言でした。

私は改めて痛ましく思いました。現代のこの社会で、「仕事がきついので引退したい」という希望を、これほど遠回しに言わなければならないひとは、おそらく天皇だけでしょう。

しかも、その結論は、多くの他人の決定に委《ゆだ》ねられています。野球選手のドラフトも、当人の希望を無視したひどいものかもしれませんが、それがイヤなら、一年待つ、プロ野球をやめる、という選択はできます。しかし、天皇は選択できません。天皇家の長男に生まれたら天皇になるしかない（ただし憲法が定めるのは「世襲」だけ。性や世襲の順位は「皇室典範」に委ねられている)。いや、やれば抵抗できると思いますが、親の命令に逆らうのさえ困難なのが人間です。憲法ぐるみの国家権力の強制に逆らえないのは、天皇といえども同じでしょう。天皇となるひとは、憲法下の現代日本で唯一、人権を剝奪《はくだつ》されている人間、そのことに抗議する権利さえ奪われている人間です。もっとも生存権はイヤというほど保障されていますが、人権の命とも言えるもろもろの自由がありません。

これまで述べてきたように、私は、人権思想の信徒です。なんでも人権の観点から考えます。けれども、天皇について人権の視点を持ったのは、ずいぶんあとでした。昭和天皇の大仰な葬儀がきっかけだったと思います。

それまでは、天皇について深く考えはしませんでした。

政治的なモノゴコロがついたころ、同世代の学生たちは「打倒天皇制!」とか「天皇制反対!」とか叫んでいました。TV局で働く若手も、ふつうに「天皇はいらない」と言っていました。

私も、敗戦後生まれの子なので、ひとに身分の上下をつける王制に反対であるのと同じに、天皇制には反対でした。革自連をするようになってからも、私の周囲にはそういうスタンスのひとばかりでした。天皇制には反対だが、憲法に定めがある、なまじ憲法改正を言うと第九条が危うくなるかもしれない、だから置いておこう、という感じだったと思います。

しかし、天皇についてはやがて打倒の声は消え、その代わりに憲法第九条を変える保守勢力の動きが盛んになってきました。そうなって、改めて憲法を考え、その傷である天皇を考え始めた、といったところです。

考えてみて、気がついたのは、「打倒天皇制」「天皇制反対」というアプローチそのものが、方向違いだった、ということでした。なぜなら、日本国はもう、天皇制ではなかったのですから。


ざっと言って、天皇が絶対的な主権を持つ制度を天皇制というならば、それは鎌倉幕府の成立（一二世紀末）によって、いったん終わりました。学問的にはどうか知りませんが、私はこれを「古代天皇制」と呼んでいます。大和朝廷の正史『日本書紀』『続日本紀《しょくにほんぎ》』が記録した制度、大和地域の大王を「天皇」と呼び主権者とする制度です。

その後も天皇家は、分裂したりいろいろありつつも存続しましたが、日本列島の諸勢力を束ねるトップとして主権を持つことは、長い間、ありませんでした。多くの民衆は天皇のことなど考えず、自分が住む地域の領主を崇敬したり憎んだりしていました。

それが明治維新で復古します。ただし、近代国家としてスタートした大日本帝国は、近代的つまり西欧的な憲法によって議会を制定し、議会とセットであるような天皇の主権を規定しました。天皇の権力の根拠は、古代天皇制から導かれ、天皇が「現人神《あらひとがみ》」であることにありました。明治から昭和まで続いたこの天皇制を、私は「近代天皇制」と呼んでいます。

一九四五年、大日本帝国は米英に完敗し、近代天皇制は崩壊しました。そして現在に続く日本国が誕生しました。平和憲法、人権憲法とも呼ばれる新しい憲法に規定された、国民主権の民主主義国家が、日本史上初めて誕生したわけです。

ちなみにこの憲法は、アメリカ軍の主導のもとに日本の議会が制定したものです。だから「押し付け憲法」と嫌がるひともいますが、私は嫌ではありません。私にとって、どんな国家憲法も私が作るわけじゃない、すべて押し付けです。それが平和と人権を軸にした憲法だったことは、私にとって大いに幸いでした。

以来、日本国は議会制民主主義の国家です。主権者は国民です。当然ながら、その基本法である憲法が、その象徴に「天皇制」を定めるはずがありません。

第一条が定めるのは、「天皇」を日本国の「象徴」とすること、言うなれば「象徴天皇」制です。日本が民主主義国家に転身すると同時に作られた、まったく新しい制度です。

それにしても知れば知るほど、日本国およびその植民地であった地域、とくに朝鮮半島は、大日本帝国の夢さめやらぬ保守勢力と、それを利用して中国および（旧）ソ連を牽制《けんせい》しようとするアメリカ合州国の作戦によって、敗戦後の民主化を阻害されました。ことに朝鮮では日本降伏後も激しい戦争が続き、国家は今も南北に分断したまま。静かな戦争は終わっていません。朝鮮のひとびとは国家間のせめぎ合いでさらに多くが死傷し、日本（植民地時代にはその国民であった日本）に難を逃れ、在日としての厳しい暮らしを余儀なくされました。まだ差別やヘイトスピーチに悩まされています。

それにくらべれば、朝鮮戦争の軍需景気で活気づいた日本人は、ずいぶんラッキーだったと言えます。しかし、やはり大きな矛盾がふたつ残されました。ひとつは、日本の保守勢力とアメリカが、軍備放棄・戦争放棄の憲法第九条をもたらす一方で、日米安保という軍事同盟を結び、日本に警察予備隊（のちの自衛隊）を設置したこと。これが今日の激しい第九条の空洞化の根源でした。

もうひとつが「象徴天皇」制です。多くが指摘するように、ひとつには戦犯になりかねなかった昭和天皇を保護するため、もうひとつには、天皇を崇拝することに慣れた日本の民衆を難なく統治する手段として、日米政府が編み出した苦肉の策だったのでしょう。

人権憲法とも呼ばれる憲法のなかに、人間を象徴に用いる規定があることの大矛盾に、日米の知恵者たちが気づかなかったはずはありません。おそらく彼らは、日本の民衆が野放図に民主化するのが怖かった。だから、その予防に、矛盾をおしてまで天皇を利用した。

まったく、アメリカはともかく、日本の保守勢力の、天皇になるひとに対して思いやりのないことといったら、呆れるばかりです。人間を神と持ち上げることも、奴隷と踏みつけることも、どちらも同じ人権無視の所業なのだと、つくづく思います。


昭和天皇は敗戦後、その神性を否定し「人間宣言」をしました。

宣言するまでもなく、天皇の実体は人間です。民衆は百も承知のことですが。

うちの母も祖母も、昭和天皇が非難されるたびに同情していました。「皇太子ご成婚」（今の天皇の結婚式）の時も、まるでファンが贔屓《ひいき》役者の私事を見るように、喜んでいました。

そして最近、生前退位をほのめかす天皇の「お言葉」には、現政府に批判的な民主主義者、それも戦争を知らない世代までが、同情を示していました。

ひとびとが同情や好意や好感を寄せることこそ、みんなが天皇を人間と見ている証拠です。だって日の丸に同情する者はいませんもの。どんな存在もあるがままに見てしまうのが民衆の視線でしょう。押し付けの天皇制が消えた今、天皇を利用する勢力は、その視線に期待しているのでしょう。皇室報道は、人間天皇を強調する方向で行われるようになりました。

その成果が、引退を希望する「お言葉」への、民主主義者も含めての好意だと思いました。

この時、私の周囲では唯一、自称保守の会社社長だけが、この平成の天皇をくそみそにこき下ろしました。近代、まれに見る愚かな天皇だ、最低の天皇だ、黙って決められたことだけやっていればいいのだ、象徴なんだから「私」の考えを述べるべきではない、憲法違反だ、と。

その言葉には、人間としての天皇への思いやりの一片もありませんでした。自分の勢力のために、天皇を利用してきた権力者の伝統を、まざまざと見る思いでした。

同時に、彼の意見はまったく正しい、と思いました。先日の「お言葉」は、たしかに「象徴天皇」を逸脱するものでした。私もそう思います。憲法に則《のっと》るなら、彼は一切、自身の去就について意見を述べてはならない。象徴がどうあるべきか、を論じ決めるのは国民の議会なのですから。

ただし、もちろん、このままでいいとは思いません。

私が見るところ、いきなり「象徴天皇」制を無くすのは難しいとしても、もっとずっと人権精神に寄った運用ができるはずです。少なくとも天皇家に生まれたとしても、天皇になるかならないかは当人が決定できるように、皇室典範を改正することはできます。皇族から抜けることも、もっと自由にできます。民主勢力は、「打倒天皇制」を唱えていないで、そういう努力を積み重ねて、この矛盾に満ちた制度を、憲法から徐々に無くす努力をすべきでした。天皇家を、ほかの旧家と同じように、ひとつの伝統ある名家として、その家族の自治に委ねるよう、徐々に努めるべきでした。それが民主主義国家への正道《しょうどう》でした。

それなのに、民主勢力は「反天皇制」の域に停滞し、保守勢力は天皇を人間ではないモノとして利用する明治以来の方針に固執して、まったく逆に、皇族を増やしさえしてきたわけです。

と言いながら、私に何ができるわけではありませんが。

戦後のふたつの禍根のうち、もうひとつ、国家軍備と交戦権の復活の激しさを見るにつけても、またもや天皇をその路線に利用されはしないかと、心配するだけです。そして、天皇そのひとを人間扱いしない保守勢力のやりかたがこのまま強引に進めば、その矛盾が深刻な政変を起こしかねない、と危惧《きぐ》してもいます。

なぜなら、天皇はまぎれもない人間です。人間を人間として扱わない矛盾は、必ず波乱を呼ぶ。近代史の、それが常識ではないでしょうか。

国民のこと

ところで、福島原発事故のあと、二〇一〇年代なかごろから、首相官邸前に抗議の群衆が連日集まりましたね。出不精の私は行きませんでしたが、ネットで画像をたくさん見ました。そのなかで若い人たちがラップで主張していました。われわれの世代はシュプレヒコールだったので、ああ、時代だなあ、と感慨深く見たものです。

ところがその歌詞に「国民なめんなよ」という繰り返しがあったのにひっかかりました。福島原発事故に抗議し、原発廃止を求める運動としては、不適切ではないか？

日本の国土には日本国民ではないひとたちも居住しているし、すぐそばの隣国や、風が流れていく先には、外国の国民がいます。放射能の流出のみならず、ウランや放射性廃棄物の輸出入を考えても技術の輸出入を考えても、原発は世界的な問題、すべての人間の問題なのに、その視点が消えてしまう。それに、原発から遠い外国に居住している日本人もいます。

だからこれは何国にせよ「国民」レベルの問題ではありえないわけです。だからこそ、個人的な「市民」運動が盛んになったわけです。

そもそも今時の若者は、もっとグローバルな感覚を持っているものだ、と思い込んでいた私には、だから、「国民なめんなよ」はとても奇異に響いたわけでした。友人の在日朝鮮人も、これには大きな異議を語っていましたが、まあ、若い者たちが乗り出してきたのだから、ここは水をかけないで、という多勢の意見にかき消されたようです。

しかし、彼らが国民と自称することに違和感を持っていないとすれば、かなり感覚に国民意識を植え付けられているな、と思いました。であれば先行きが心配です。

今言う国民意識とは、国家に相対する時、半ば自動的に自分たちをその国民と位置づけてしまう意識、とでも言いましょうか。この意識は、外国人や外国政府や外国スポーツチームに対する時、たやすく私を日本国と同化する意識でもあります。同化した結果、外国に向かって日本国が奮い立つ時、いっしょに奮い立つことになる。国民意識は戦争の原動力のひとつだと私は考えています。

国民意識とは一線を画していたいものです。とくに反戦や反原発など、個人が自分の暮らしの安全を最優先してこそ成り立つ課題においては、国民意識はあってはならない、と思います。

だから私は、私や仲間を国民とは呼ばないように努めています。

言葉は意識の表れですが、意識もまた言葉によって変わります。オマエと片方が呼び、はいアナタ、と片方が応えている関係には、決して平等は実現しないでしょう。

言うまでもなく、大日本帝国が成立するまで、国民という概念はありませんでした。もちろん、愛国心も報国心もありえません。幕末には、自分の地域の首長である藩主が戦争をすれば、そのいわば社員である士族は戦っても、農・工・商の人民は安全なところへ逃げ出すのがふつうだったようです。

これでは国家として戦えません。そこで、明治の為政者や福沢諭吉を嚆矢《こうし》とする知識人は、ひとびとに国民意識を持たせるのに、大変、努力しました。新たに作った国家によって、先進諸国と戦い、弱小国を征服し、世界の強国にのしあがろう、それが彼らの願いだったからです。

そこで、富国強兵に益する国民を作るための数々の啓蒙書（『学問のすゝめ』など）が出版され、整ってきた学校教育のなかでは、天皇夫妻の「御真影」や「教育勅語」を使っての国民意識教育が強力に推し進められます。法律も、その方向で国民を規定していきます。つまるところ、国家に益しようとしない国民は、たとえ国籍があっても「非国民」として排斥、断罪されるのです。

その教育成果が、国民皆兵の実現であり、「大日本帝国バンザイ！」と叫んで玉砕する兵隊たちだった。

だから私は国民意識に危うさを感じるわけです。

最近、なにかというと明治時代を礼賛するイベントを、国家が率先して打ち出しています。そんな政府や知識人の持ち上げる「国民」が、自由な民主主義国家の国民であるわけがありません。今も国民意識は危険なままだと思います。

また、国民について日本国には、国家の損得によって国民を差別してきた歴史があります。日本人国民（一等国民）と植民地国民（二等国民）、さらにはその国の少数民族、と差別しておいて、都合によって、日本国民に含める範囲を変えました。

このあたり企業による「社員」と「派遣社員」と「バイト」の差別に酷似していますね。台湾の少数民族は、国民として日本名を強要され国民意識を叩き込まれ国民としての義務を果たすよう誘導されました。多くが太平洋戦争で死傷しました。そして戦後、未払い給与や恩給の話になると、日本政府は、彼らが勝手に国民と同じようにふるまったのだ、として、支払いや慰霊を拒否し、国際問題になりました。まだ尾を引いています。

私たちの側も、「国民なめんなよ」の場合のように、漠然と日本に住むひとを指して、この言葉を使うことが多いようです。

私は意識を「正常」に保つために、つまりひとを差別したり戦争に加担したりすることがないように、以下のように言葉を使い分けることにしました。

・日本国民　日本国籍を持つひとびと。倭人種《わじんしゅ》に限らない。

・日本人　倭人種であると自己認識しているひとびと、もしくはそう見えるひとびと。

長年、努力しているうちに、この定義がすっかり身につきました。人種がどうあれ日本国籍があれば、平等に日本国民です。だから日本人という言葉を日本国民と混同して使うことがないように、日本人は人種を指す専用に使います。長い間交雑をしてきているので、人種の定義は難しいのですが、とにかく、日本人から日本国民の意味を除去できればいいので、こう決めています。

民族のこと

「民族」については、ずっと棚上げにしてきました。私の場合この言葉を社会活動で使うことはありません。学術書などで読んで考えるだけです。その結果として、社会活動で使う必要はない、日本人でこと足りる、という考えになっています。

民族を多少なりとも考えるようになったのは、ほかの民族の社会的運動を、少し手伝うようになってからでした。

アイヌ自身による長年の権利獲得運動が実を結んで、国連がアイヌを日本の先住民族とし、その権利を宣言した翌年、衆参両院でも、「アイヌ民族を先住民族とすることを求める決議案」が可決されました（二〇〇八年）。アイヌの運動を知り、少しかかわったのは、その直前でした。

彼らの運動を間近に見て、それまで私には歴史教科書の中だけの存在だったアイヌが、個々の姿、仲間として、友人としての姿で、立ち現れたわけです。

おかげで、アイヌについての私の認識は、急速に、今日に生きる人間の問題となっていきました。そして、「先住民族」という用語のとおり、彼らの人権運動は、国民でも市民でもなく、「民族」としての主張である、とわかりました。

しかし、考えてみると、民族とははっきりしないものです。言葉としては、こんな意味で使われているようですが。

「同じ文化を共有し、生活様態を一にする人間集団。起源・文化的伝統・歴史をともにすると信ずることから強い連帯感をもつ。形質を主とする人種とは別」（小学館『精選版　日本語大辞典』「民族」）

しかし、この二節目、「起源・文化的伝統・歴史をともにすると信ずることから強い連帯感をもつ」という文言は、言葉の解説としては不思議なものですね。「信ずる」かどうかは個々で異なる。よって「強い連帯感をもつ」かどうかも、ひとによって違う。だからじつは民族とは「信心」の上に成り立つ。この解説はそう読めます。それなら私は同感です。

私に民族としての「強い連帯感」がほとんどないのは「起源・文化的伝統・歴史をともにすると信ずる」ことがほとんどないからだと思います。なにしろ祖父母が熊本と福井、いずれも古代から海外と交流の多い地域ですから、起源はあやふや。言語は確かに日本語が母語です。日本語そのものが古来、漢語（中国語）なしには成立しなくなっており、今では英語抜きに喋るのは難しくなっているけれど、ともかく、私たちは日本語を使います。しかし衣食住や祭りから政治まで、今やほとんど欧米です。特色ある文化的伝統は感じられません。

でも、「日本列島の最多人口を占める民族は？」「あなたが属する民族は？」と問われれば、日本民族である、と答えるでしょう。そういう気がするからです。

どうも民族とは、科学的客観的な問題ではなく、主観的な領域の問題らしい。極端に言えば、自分はA民族である、と自認するひとびとの間にいくつかの生来的な共通点があれば、彼らはA民族である、と認めるしかないのではなかろうか。

そして私のごく乏しい帰属意識で言うと、私は日本民族（にほんみんぞく）です。決して大和民族（やまとみんぞく）ではありません。記紀を読めば読むほど、この意識は確立しました。

そもそも広く日本列島を「大和」と呼ぶのは、奈良大和を発祥の地とする古代天皇制の政治的主張に過ぎませんでした。それが「大和民族」の概念として固まったのは、外圧が強まり、国際社会での競合を意識させられた幕末だったでしょう。もっともこの概念の担い手は少数の権力者や知識人であって、大多数一般人民の帰属意識は江戸や浪花《なにわ》、当時の地域行政区がせいぜいだった、と思います。それが一挙に変わるのは、大日本帝国の成立以降でしょう。

近代国家として出発した明治政府は、その道具に近代天皇制を編み出しました。古代天皇制の政治的主張を活用して、雑多な民衆をひとつに（国民に）まとめる、その目的に天皇の民としての「大和民族」の概念が活用されました。大和民族の祖は天皇であり、その発祥の地は太古から天皇配下の大和（大日本）である、信仰はこれも古代天皇による神道である、ソメイヨシノの桜花のように美しく咲き潔く散る民族である、その伝統文化は近隣を圧倒し西洋をも感動させるものである、などなどとひとびとを教育しました。

言語のほうは、古代天皇制時代の宮廷用語（関西弁）にはこだわらず、利便性（全国共通）をもっぱらとして、首都東京の上流家庭の言語を元に「標準語」が作られていきました。軍国主義が強まった大日本帝国では、学校教育で「標準語」を押し出すいっぽう、厳しく方言や植民地の言語を追放しました。私は敗戦後生まれですが、幼いころ通っていた演劇学校で、「正しい日本語」としてこの「標準語」を叩き込まれたものです。

しかし幸いにも、すでに大日本帝国は崩壊していたし、私が受けた義務教育では、大和民族の概念（大和魂）を叩き込まれることはありませんでした。代わりに民主主義と人権を教わりました。だから私の（希薄な）帰属意識は、敗戦後からの民主主義社会にあるのが自然なわけです。強いて民族で言えば、日本民族です。

つまり私は、日本民族ではあっても大和民族ではありえません。だから沖縄の知人には、私をヤマトンチュ（大和人）と呼ばないで、とお願いしています。あえて選びなおせるとしても、私は決して近代天皇制社会は選びません。したがって私が大和民族や大和撫子《なでしこ》を自分の属する集団と認めることは、今後ともありえません。

さらにこう考えています。日本国に住む倭人種で、強い日本民族意識または大和民族意識を持つひとびとは、よほどその意識を持つ必要に迫られたに違いない、と。逆らえないような強硬な民族教育はそのひとつです。また、個人的な必要、たとえば対決する相手が他の民族であるとか、外国で人種差別を受けたとかで、自分の民族意識を奮い立たせることが必要な場合もありうる、と思います。

いずれにせよ、多数派が自分の民族を強く意識しなければならない機会は通常ないし、その必要もない、というのが私の考えです。

民族意識とは、国家を持たないひとたち、国家と対決しているひとたちにとってこそ、大切な自己認識の道具であるが、それ以外の民族意識はつまらないものだ、と今は思い至りました。

アイヌ民族と知り合う数年前、〈おんな組いのち〉を立ち上げたのは、先に書いたとおりです。その活動を通して在日朝鮮人の仲間、私と同世代以下の日本生まれ日本育ちの在日二世三世の友だちができました。私が多少なりとも民族について考えるようになったのは、彼らと知り合ったおかげです。

私や多くの日本人にとって、属する国家はいやでも生まれつき、あります。何代かの祖先から私まで、いやでもおうでも、帰属する国家は安定してあります。それがフツウだと感じていた私は、在日朝鮮人の国家との関係には、衝撃を受けました。

彼らと国家との関係は、じつに複雑、やっかいです。私たち同様、なんら「私」のせいではないにもかかわらず、それが在日朝鮮人にもたらされる社会的条件なのです。美しい言葉で言うところの彼らの「祖国」は、日本の敗戦と同時に消滅し、南北に分断したふたつの国家になってしまいました。そして一九九一年、それぞれ一国家として国連への加盟を承認されましたが、日本はいまだに共和国を承認していません。

この混乱は当然、在日にも波及して、同じ日本の土地に住む親と子、兄弟姉妹の間で、国籍が異なる例は珍しくありません。自分の意識に従って自由に選べるわけではむろんなく、便宜上、やむなく選んでいる場合がほとんどです。つまり、私たちの場合、故国と自分が属する国家は、現実にも意識の上でも、いやでも一致して先天的にありますが、彼らの場合、少なくとも意識の上で選ばなければならないのです。どこを故国とするか、どこの国籍を持つか、何国人として生きるのか、つまりは自分は何者なのかを、いやでも考えなければなりません。

加えて、日本社会には、植民地政策のなかではびこった朝鮮人への根深い差別があります。彼ら自身の努力で、敗戦後にくらべれば少なくなったものの、まだ、制度上の差別もあるし、民間にも、ヘイトスピーチデモに顕著な差別があります。差別を経験した者は、差別される自分は何者なのか、考えずにはいられません。

さらに在日朝鮮人は、国籍を置いた朝鮮の国でも差別される、その実例をいくつか聞いています。友人のひとりは、その経験をこんな言葉にしました。

〔一九八一年韓国留学。〝在日〟の留学生が少ない時代、厳しい言葉、眼差しの中〝在日〟の何たるかを深く考え、練習に打ち込んだ日々でした〕（金君姫《キムクニ》、二〇一七年開催『舞とともに四〇年記念公演　韓国伝統舞踊と音楽』プログラムより）

「〝在日〟の何たるかを深く考え」ること、まさに自分は何なのかを深く考えざるをえない境遇に、在日朝鮮人は置かれているわけです。彼女は日本で生まれ育ち、差別される朝鮮人とはなんなのか、と探る過程で朝鮮民族の伝統芸能に出会い、芸とともに朝鮮民族としての誇りを身につけ、また自己認識を深める過程の留学で、「祖国を捨てた者の子孫」差別とでもいう差別を受け、さらに在日という集団の一員である自分はなんなのか、を追求しながら、より深く朝鮮民族の芸と意識を研鑽《けんさん》したようです。こんな時、自ら獲得する民族意識は、おびやかされた自己認識を立て直す強い道具になるのだ、と思います。

今、彼女たち在日二世三世が支える朝鮮民族芸能には、独特な活気と深みの輝きがあります。自らを探す過程で積極的に選び取った民族意識であればこその輝きに違いありません。さらに言えば、彼女たちが選び取ったのは「朝鮮民族」ではなく、「在日朝鮮民族」だった。だからこそその文化は、国境を超えたおおらかな輝きを放っているのでしょう。

国家と対峙していればこそ、民族意識は素晴らしい行動の原動力になるのだ、とつくづく思います。

逆に、国家と同化させられた民族意識は、無惨です。国家を持たなかった時代のユダヤは、あらゆる差別のなかを民族の自覚によって団結して生き抜き、その自己認識の過程で多くのいきいきした芸術や学術文化を輝かせました。しかし、その素晴らしい民族意識がイスラエルという国家に集結されるや、ドイツ帝国のナチスと変わらぬ意識、なりふりかまわず武力によって他民族を虐殺、差別する国家の意志となり果てました。民族意識は、権力の圧力を跳ね返す自己認識としてあれば民族を輝かせるが、国家統合の意志になったら民族を堕落させるのです。

この仕組みは、民族に限らず、被差別部落、女性、性的マイノリティーなど、差別されるあらゆる集団の帰属意識に共通するのではないでしょうか。

私自身は、相変わらず民族意識とは無縁でいます。それが一般的な日本民族の自然だと思います。日本国の多数有力派であり、従って民族としての差別は受けない倭人種が、俄然「日本民族」意識を持つとしたら、それはなんらかの目的による意識的な民族教育によるものであるか、または個人的な自己賛美の欲求によるものであるか、でしょう。

いずれにせよ、自分は何者であるか、を自ら真剣に求める過程でのことではありえません（ただし、外国で少数民族としての差別を受けた場合は別ですが）。そのような、集団差別に抗するための自己認識の必要に迫られていない民族意識は、国家に利用され堕落した文化を生み、他の民族を抑圧する力にしかならないでしょう。かつての「大和魂」がそうだったように、そして、まさに今、ヘイトスピーチがそうであるように。

それはそれとする

ところで、世の中には、いろいろな市民運動があります。

葬送の自由を主張するグループのシンポジウムに出席したことがありました。六年ほど前になりますか。知人の新聞記者から誘われました。彼の大先輩が主催しているとのことでした。

この団体の努力で、昔は違法だった墓地以外の土地、森林への埋葬や、遺灰を海や川に撒《ま》く葬儀が、一定の条件で合法になっていました。

まったくの門外漢だったので、スピーカーの話はただ珍しいばかり。ところがひとり、やはり主催者の友人だという老齢の宇宙科学者の話には、聞き手の多くとともに、思わず笑ってしまいました。たんたんと、明らかに持ち時間を大きくオーバーして、宇宙の始まりから今日までを説き、そのスケールの大きさを強調したあとで、こんなことを言ったのです。

「だからね、どーでもいいんです、私は。どんな葬式だろうがなんだろうが、宇宙にくらべれば、どーでもいいんです。今日は頼まれたから来ましたがね、どーでもいいんです」

あまりに率直だったからでしょう、主催者も苦笑していました。

私も笑いながら、ずっと抱えたままの疑問を思っていました。じつは、宇宙の話を知って以来、私の中にも「どーでもいい」が響いていたのです。

ことは葬式だけじゃない、反戦運動や反原発運動なんかやったって、いつか地球は消滅するのに。人権運動なんかやったって、いずれ人類は死に絶えるのに。だいたい、世界中で今、戦乱や飢餓のさなかにある子たちをどうすることもできないのに、未来の子どもたちのための運動をしたって、そんなの、自分の気休めでしかないじゃない。生きるため、食うため、自分の楽しみのため、になにかするのは、欲望だからわかるとしても、「どーでもいい」こと、もしかすると「どーにもならない」ことのために、右往左往するのは、虚しいじゃないか？

老学者の言葉に誰も反論せず、笑うしかなかった、ということは、みんな答えを持っていないのか？　「どーでもいい」のだから、どうでもよく生きるしか、理にかなった生き方はないのか？　目覚ましい社会運動家でもあった物理学者の水戸巌などは、それをどう考えていたのだろう。多少とも社会改革運動のようなものをしているひとに、一度、聞いてみたいものだ。

時々そう思いながら、さすがに、運動仲間に聞くのは気がひけていました。自分が聞かれたら戸惑うばかりなので、多くも同じだろうと思ったからです。同じに見えました。しかし、幸い周辺に子どもはいませんが、もしいてそれを問われたら、どう答えればいいか、わからない。

　せめて、モノゴトを考えることを専門とするひとはどういう意見なのか、知りたく思いました。友人の哲学者、佐藤和夫《さとうかずお》にメールしました。こういう問題を、哲学の分野ではどう扱っているのか、と。

「あなたの問に的確な答えになるかどうかわからないが」と添えて、彼が送ってくれたのは、今とりかかっているというハンナ・アーレントを巡る新たな研究書の一部でした（『〈政治〉の危機とアーレント『人間の条件』と全体主義の時代』二〇一七年八月、大月書店）。アーレントは、日本でブームになる以前から、長い間、彼が研究している哲学者です。元の著作は翻訳でも難解でとても私には歯が立ちませんが、佐藤の解説ならなんとかわかる。

　送ってくれたのは、アーレント『人間の条件』の最終章「世界への愛」に関する解説部分でした。

　尋ねてよかった。これが私の「どーでもいい」を見事に解決してくれました。いや、私の雑なアタマで理解した限りのことなので、正しいかどうかは知りませんが、このおかげではっきりカタがついたことは確かです。

　私は、自分が「数理科学の世界観を絶対の真実と見る」まぎれもない現代人だったのだ、と思い知りました。

アーレントが言う（と私が理解した）ところを私流にまとめると、人間は、目に見えないものを数学で見ることができるようになった。言葉で解けない問題を数字で解き、数学で太陽の周りを地球が回っている「事実」を知り、数学で発明した望遠鏡でそれを観察し、ついには数学で計算して月へ行き、予測通りの宇宙を「観察」した。

こうして数学は、大地に縛り付けられていた人間というものを大きく変えた。それにつれて人間の実世界も変わった。最初は、大地に立つ自分の上を太陽が動く、それが実世界だった。次には、自分を乗せた丸い地球が太陽の周りを回る、それもまた実世界である、とも見えるようになった。そして人間が数学の確実性を信じる度合いが強まるにつれて、そちらのほう、地球が動いていることこそが実世界と見えるようになった。そしてついには、地球も太陽も中心ではない宇宙、それが実世界となった。

つまり、あやふやな人間の五感が把握する世界は、虚とは言わないまでも客観的な実相ではない世界であり、数学で把握する世界こそが実世界である、ということになっているのが、現代である……。

まさにこの現代的認識に、私もどっぷり染まっていました。科学者でもないのに、です。しかも私は、自分が思っている以上に、数理科学による世界観を、世界の実相と信じていたのだと、気がつきました。「超常現象」を信じない現代人なら、その多くは私と同じでしょう。

そして、あの老宇宙科学者が直言したように、中心のない茫漠《ぼうばく》たる宇宙が実世界なら、その片隅のチリに過ぎない人間の問題など「どーでもいい」となって当然です。人間社会の問題などにかかわらず、趣味に生き、オタク仲間と交流して過ごすのが一番の生き方になるでしょう。科学の発達につれて、オタク現象が現れたところには、その科学的世界観が影響しているのかもしれません。

そのいわば自然科学の世界観に対して、アーレントは、人文科学から疑義を呈した、と私は受け取りました。こんなことを言っているようです。またもや私流のまとめです。

自然科学は客観性、確実性を要求する。そのために、曖昧さの無い数字、数学が多用され、観察も数学で行い、その観察結果を数学で扱う。するとこれは、自分の作った数学、記号、を扱っているに過ぎず、対象世界そのものを捉えてはいないのではないか。ところで数学とは、人間の精神の表現形式のひとつである。すると、客観的な科学とは、つまるところ、対象とする世界を描き出すのではなく、人間の精神が数値的に「表現」している世界に過ぎないのではなかろうか。

つまり数理科学的な世界も絶対的な実相ではない！

これで目が覚めました。だとしたら、宇宙科学者が表す宇宙、宇宙のなかのとるにたりないチリとしての人間、という観察を、絶対視する必要はありません。それもひとつの見方、としておけばいいのです。

別の見方、人間の五感による世界の見方をするならば、世界は人間の動きによって、人間関係と自然とのかかわりによってなるものです。どんな人間の動きも、「どーでもいい」はずがありません。そして、よりよい人間関係、よりよい社会を求める運動は、社会性という生まれながらに人間に備わる性の、自然な欲求であり、人間なればこその大切な活動なのですから、葬式の革新を求める運動さえも、大いに意味のあることなのです。

私は昔から科学書を読むのが好きです。宇宙の話には興味があります。生物学ほどではありませんが、この時代の人間なみに数学にも物理学にも興味はあります。しかしそれはそれ。

ここがアーレントからヒントを得た大事なところなのですが、宇宙科学的世界観を否定するのではなく、「それはそれ」とする。そういう見方もある、とする。そうして、五感が捉える世界を生きる。

地球が太陽の周りを回っている、それが科学的事実だと了解していながら、それはそれとして、毎日、日の出日の入りを実感し、太陽が出た沈んだ、と話し合っているように、です。そんなふうに、数理科学の世界観は、それはそれとして、五感が感知できる世界を生きればいい、市民運動すればいいい。そうきっぱりと解決がついたわけでした。

さて、そう決まったところで、私の活動報告を終わります。
話したいことはまだまだある気がしますが、またの機会に。
そうですね、またの機会があれば、ですね。
その時まで、ぜひぜひ、お元気で。

あとがきとしてのインタビュー

矢崎泰久 vs. 中山千夏

市民運動は別として、私が国会に入るに当たって、矢崎泰久さんの存在が非常に大きかったことは、本文で書いた。もし矢崎さんの働きが無かったら、私は確実に議員になっていなかったろう。選挙母体になった革新自由連合そのものが矢崎さんあって実現したものだった。その矢崎さんは、いったいどのような感覚でこの運動とかかわっていたのか。親しすぎて改めて尋ねたことはなかった。しかし、私の活動報告としては、少しはそこを明らかにする必要があるだろう。それが、本書の締めくくりにこのインタビューを企てたわけだ。

中山千夏

矢崎泰久（やざき・やすひさ）

一九三三年生まれ。菊池寛が興した文藝春秋の社員で菊池の懐刀だった矢崎寧之《やすゆき》の長男に生まれ、菊池ほか文春周辺の人的環境に育つ。太平洋戦争中、父は菊池の指示により、「興亜日本社」（のちに「日本出版社」）を興す。早稲田大学政治経済学部を中退し、日本経済新聞の記者として活躍するが、目立った組合活動が社長の逆鱗に触れ、「学歴詐称で入社」を理由に馘首《かくしゅ》、内外タイムスの記者となる。この間に記者クラブで知り合った朝日新聞の本多勝一やのちにカルビーの会長になった毎日新聞の松尾康二などとは、長期にわたって親交を結ぶ。一九六六年、父の依頼で雑誌を作ったのをきっかけに、元日本出版社編集者の大口（飯村）昭子、および彼女に紹介されたイラストレーター和田誠と三人で、雑誌『話の特集』を創刊。新しいライターやクリエイターの起用が異彩を放ち、多くの作家や若者の支持を得る。政治活動が響いて雑誌は三〇年にして廃刊。自身も破産し、経済的には逼迫《ひっぱく》しているが、私塾「泰久塾」に集う後輩に慕われ、その硬軟あいまった独特な人柄と豊かな人脈にひかれる出版人も絶えず、彼らに助けられながらも立派に自立した自由気ままな八四歳独居老人生活を送っている。酒は呑めないが、自他共に認めるギャンブル好き。現在、『週刊金曜日』『琉球新報』ほか数紙誌にコラムを連載。著書に『口きかん わが心の菊池寛』（二〇〇三年、飛鳥新社）、『「話の特集」と仲間たち』（〇五年、新潮社）、『あの人がいた』（一一年）、『残されたもの、伝えられたこと』（一四年、いずれも街から舎）、『競馬狂想曲』（一二年）『人生は喜劇だ 知られざる作家の素顔』（一三年、いずれも飛鳥新社）、『句々快々「話の特集句会」交遊録』（一四年、木阿弥書店）など。

（文責・中山）

中山　まずは、革自連を興した時の矢崎さんの考えをお聞きしたい。

矢崎　最初は、遊び心というのかな……発端は、作家の五木寛之さんから話を持ちかけられたわけで。「竹中労と青島幸男から別々に同じような話がきた」という。それが七七年参院選に参画する構想だった。著名人を一〇人立てて一挙にコチラ側の議員を増やす、という話。しかし、竹中と青島はうまくいかないに決まっている。だいたい、竹中は青島を嫌いだし、青島は竹中を恐れていたし、考えも微妙に違う。その調整をするのだが、自分は多忙だから、矢崎さんに調整してほしい、ということだった。

中山　その話を五木さんから聞いた時に、できる、と思ったの？

矢崎　いや、おもしろい、と思った。その時、五木さんに確認をとるわけよ。「あなたはどこまで覚悟してやるのか」と。すると「一〇人そろえる段階で、自分も立候補していいと思っている。そのくらいの覚悟でいる」と言う。おれはそれを信用しちゃったわけ。これはおもしろい、体制権力に一泡吹かせるいいチャンスだ、と思った。五木さんとはそのころ親交が深かった。でも遊び仲間としてであって、ぼくが政治的なイベントをする時も、彼は手伝いはしても決して前面に出なかった。それが立候補も辞さないと言う。びっくりした。そして五木さんがその覚悟なら、これは成功する、と思って、乗り気になった。だから、市民運動、というよりは、今の政治が気に入らないから、一泡吹かせたい、という、そんな感じが強かったんだ。

中山　それで、五木、青島、竹中、矢崎で顔を合わせて話はしたの？

矢崎　一堂には会していない。

中山　ふうん。

矢崎　五木の考えで、青島と竹中を会わせない。おれ、五木、青島で会うのと、おれ、五木、竹中で会うのと別にやる。だから、おれが理解していた構図では、五木がトップ、おれはその手伝いだった。五木さんが青島、竹中それぞれと話す、つまり話を合わせながら説得するのに同行していて、青島、竹中はどうにもイイカゲンだけど、五木さんは信頼できる、と思ってしまったんだ。五木・竹中の構想は、著名人で一〇〇人委員会を作る、それでひとり一〇〇万出せば活動資金として一億円できる。もし足りなければ五木さんが補塡《ほてん》する、というものだった。そのなかから一〇人が立つ。五木さんは、久野収さんなんかが当時言っていた人民戦線に影響を受けていたのかもしれないね。みんなが自ら資金を出し合って、という考え。実際、最初にある程度の運転資金をカンパしたしね。革新自由連合という名前は竹中案で、五木さんもそれには賛成していた。青島のほうは、ただ有名人を一〇人立てて、半分当選すれば、青島がすでに所属している二院クラブの議員と合わせて、数の上で大きな院内勢力になれるから、それをやってくれ、と。団体なんか作らなくていい、立つひとがそれぞれ供託金だけ負担すれば

あとがきとしてのインタビュー

中山千夏と矢崎泰久

いい、選挙運動なんか青島方式でやらないでおけばいいんだから、という考えだったんだけど、五木さんの説得で、じゃあそれでもいいや、となった。イイカゲンだから。

中山 議論嫌いだからその場賛成しちゃうのよ（笑）。私は革自連への参加を考えている時、当時は親しかった青島さんに打診したの。矢崎さんからこういう話がきたんだけどって。そうしたら、例のわれ関せずの調子で「まあ、やってやってくれよ」。だから、青島さんが発端にいたとは、ずっとあとまで知らなかった。五木さんには一度もこの件で会っていないし。竹中さんにもね。なるほどねえ。駆け引き政治ってのは、そんなふうに転がるんですねえ。

矢崎 そう、千夏さんが書いてるように、まったく男の政治だったと思うよ、あのころやったのはね。千夏さんのことも、発案は五木。「矢崎さんが親しいからなんとか説得しろ」ということになって、騙《だま》す、ではないけれど、なんとかおもしろがらせて引っ張り込もうという作戦で説得したわけ。千夏さんは最初、そう乗り気じゃなかったわけだから。女性の代表というのも、これなら千夏さんもおもしろがるだろうというので。

中山 図に当たった（笑）。

矢崎 千夏さんの参加も決まって、一〇〇人委員会を募り始めたところで、五木さんが、竹中がいると多くが尻込みする、と言い出して、竹中外しを計画したんだ。

中山 その間の詳細は『湿った火薬　小説革自連』（一九八四年、学陽書房、共著）に任せるとして。

矢崎　そうそう、小説でしか言えない話が山ほどあって、ともかく竹中さんは外れた。結局、外し方が気に入らなくて、内緒で進めていた計画を七六年の暮れになって週刊誌にリークしたりして、ずいぶん進行を邪魔してくれたけどね。

中山　にもかかわらず、五木さんがどんどんフェイドアウトした。それで矢崎さんはどのあたりまで五木さんを信じていたの？

矢崎　暮れの第一回の革自連準備会まで。

中山　ああ、私も出た。久野収さんなんかもいたね。五木さんが来ると聞いていたのに、来なかった。

矢崎　五木の秘書をやっていた彼の弟から電話があって、「兄は飛行機に乗りました」。呆れた。要するに外国に逃げちゃったんだ。だから、それからずっと、個人的には会っていない。

中山　なるほど。そうかあ、やっと見えた気がする。五木さんの目的はよくわからないけど、まず竹中、青島が五木を操《あやつ》ろうと話を持ちかけた。五木は逆にそのふたりを操ろうとして、そのために矢崎を操ろうとした。それが結局、誰も思いどおりに操れなくなって、五木さんは手に負えないと逃げた。結果、瓦解した計画の中心に矢崎さんだけが残った。そんなことだったのね。

矢崎　ひとを見る目がなかったんだね、簡単に言うと。五木さんが逃げると、立候補しそうだった著名人も腰が引けてきた。だけど、おれは千夏さんをはじめ、たくさんのひとを引き込んでしまっていたから、どうにも後にはひけなくなっていた。

中山　大変だったね。大島渚さんとか鈴木武樹さんとか小室等さんとかばばこういちさんとかは、あとから入った組だもんね。

矢崎　そう。だからもう、騙し続けるしかないわけよ（笑）。マスコミ対策としては、多数著名人出馬の可能性があるように見せかけた。それで余計、評判落とすわけだけど。

中山　それで、選挙後の話に移りますが、そういう大変な経緯をなにも知らなかった私としては、最初はおもしろきゃいいやくらいの気持ちだったのが、さんざんな結果に終わった選挙のあとで、俄然ヤル気になっちゃったわけでしょ。その時は矢崎さん、イヤだったでしょうね。

矢崎　すごくイヤだった。

中山　（爆笑）

矢崎　もともと市民運動ってのは苦手なんだよね、おれは。

中山　そうなんだよねえ。

矢崎　だから、これで終わり！　と。負けたんだから。全部なかったことにする、と。

中山　そうはいかない（笑）。

矢崎　というのがいるから、終われなかった。

中山　でも私だけじゃなくて、続けようというひと、多かったよね、運営委員会で。

矢崎　多いどころか、妹尾河童《せのおかっぱ》とか中村とうようとかばばこういちとか加東康一とか、ああいう、千夏さんに賛成で、これは市民運動として頑張るしかないってやつが、ものすごくいたわけよ。なんとか潰そうとしたんだけど、潰れなかったんだ（笑）。その段階で、もう五木さんを恨んだってしようがない。おれは楽しく生きたいのにこんなものにかかわり合うのはかなわない、と思ったけど、どう考えても、おれは辞めたいとは言えないわけだ。とくに千夏さんに対しては、半分騙してやらせたという自覚があったから、千夏さんからは逃げちゃいけないのだ、というのがあったね（笑）。で、ずるずる引きずられるようにして三年過ごして、千夏さんが当選した段階で、ようやくおれも腹を決めるわけよ。少なくともこれから六年は責任としてちゃんとやるしかない、と。革自連の生んだ中山千夏という議員がいるわけだから、それを大事にする、それに徹するしかないということの覚悟がやっと決まって。でも、おれはマージャンやりたいし競馬好きだし、本来は遊んでいたいわけだ。『話の特集』作っていればおもしろいし。そのおもしろいことをだいぶはしょらないと、市民運動的なことにあまり参加できないわけだよね。それで自分の仕事と市民運動とをくっつける結果になって、そうすると『話の特集』が極端に変形して経営的にも苦しくなっていった。

中山　私の感覚では、そういう犠牲を払いながらも矢崎さんがやったのは、政治活動であって、市民政治学校のようなひとびとと混じり合っての市民運動的な活動は、本当に苦手だった。

矢崎　そうかもしれない。そういうことに時間を取られるのはたまらない、という感覚があった。政治家と付き合って社共を結びつけるみたいな政治的活動にはけっこう気が向いて動いた。七七年からの三年間は、社共の連中と付き合って橋渡しをやって、当時はそれで首長選に結構勝てたのでおもしろかった。しかし、付き合ってみて、共産党も社会党も、あまりに階級的な上下関係社会なので、すっかりイヤになった。いっぽう市民運動というのは、民主主義というか、みんなの意見を聞かなければならない、というのがネックだったかな、と思うことがある。独断専横でいったほうがいいことが、政治にはある。

中山　そうそう。国会を見てよくわかったけれど、ああいう世界では独断専横と秘密主義とウソでやるしかない。だから国会政治はイヤなの。それと市民運動とはまるで違う、と考えるようになった。目的と手段をどう捉えるか、かもしれない。目的第一、法案通すとか、議席確保とか、目的がはっきりあって、その目的が達成されれば手段は問わないのが国会政治。だけど手段そのものも政治活動としておこなわれるのが市民運動だと思う。そうでなければ、市民運動も「仕事」になってしまう。理想の市民運動はなにかの目的を達成する単なる仕事ではなく、その活動自体がひとに生きがいを持たせる活動でなくちゃ、と私は思ってる。それが政治家ではないひとびとが政治活動することの意味だろう、と。

矢崎　思い返すと、ぼくらが国会にいた間に、現在の右傾化への傾向がはっきり見えていた。それをなんとか押しとどめようと、われわれはやってはいたんだ。でも、よく反省するんだけど、若かったということもあって、ぼくらはスキだらけだったな、と。ジャガーの助手席に千夏さんを乗せて国会へ送迎するなどは、メチャクチャだ。今となって思えば、だよ。当時は、なにが悪い、おれが買った車だ、議員が公用車を使わずに、秘書の車を秘書に運転させて国会へ通う、立派なもんじゃないか、そのどこが悪い、こそこそすることはない、とこう思うわけだ。しかしね、よく考えてみると、それは政治の世界では、というより世間ではやっぱり通用しないよ。そういうことをずいぶんやった。

中山　そうだね。でもそういうことを言い出すと、人前で煙草を吸ったこと、髪をソバージュにしていたこと、ジーンズで国会へ行ったこと、すべてが通用しないことになってくる。世間ってなんなの、と思う。汚職をしたり夫の権力であちこちの顧問になったりしたわけじゃないのだから、それはあまり反省しない。まあ、スキが多かったことは確かだけどね。

矢崎　なにが危ないって、ひとのことは平気で暴くくせに、自分のことはひた隠しにしているズルさ、これが自分で、もうイヤなわけよ（笑）。まあ、政治の世界というのは魑魅魍魎《ちみもうりょう》。どんな市民運動であろうとも、政治にかかわると、どこかで品性下劣なものとかかわっちゃう。逃げても逃げてもそういうものがついて回る悲しさ。おれは基本的にどっかでジャーナリストの意識が強いじゃない。だから自分に対して許せないわけよ。自分のやってることの矛盾がものすごくいつも気にかかってる。でも、最後にはね、この本の最後で老宇宙科学者が言ってることじゃないけれど、「どーでもいい」かと（笑）。あらゆることは結局、宇宙的に考えれば小さなことなわけだから。

中山　いやいやいや、私の結論は、「どーでもよくない」だから（笑）。

矢崎　おれは思うんだけど、本読むのが好きだったりバクチが好きだったり、そういうことによって自分自身が蘇生していく、そういう自分っていうのがあるからね、なんだってできたんだと思うんだ。そういうものがなくて、人生にあまりに生真面目に邁進《まいしん》していく人間だったら、とうに潰れていたと思う。そういうことで言うと、遊びとか芸術とかいうものが、どんなに人間にとって大事かと。そんなことが、まあ、わかるようになったわけよ。

中山　ほんとそうだよね。

矢崎　千夏さんはわかってると思うけど、あなたと違ってぼくは、意味があるかないかよくわからないことをじっくりしこしこやっていくのが、ほんとうにダメなんだよね。それが、なんだかんだあったにせよ、一〇年間、革自連運動のなかで耐えたというのは、ほんとにいい経験だったと思う。一番働き盛りの一番元気のいい時に、一番向いてないことをやったわけだから。

中山 同感！

二〇一七年三月一八日 赤坂 コヒア・アラビカにて

中山千夏（なかやま・ちなつ）

作家。一九四八年生まれ。八歳でデビュー、「名子役」として有名に。一九七〇年代には、俳優、司会者、声優、歌手としてテレビで活躍、世に「チナチスト」を生みだした。作詞も数多く、文筆でも『子役の時間』ほかで直木賞候補になるなどして、その多才が広く知られた。また女性解放運動や人権の社会運動家としても著名。一九八〇年から参議院議員を一期務めた。現在は著作に専念。六十余冊にのぼる著書は、創作とノンフィクション、テーマは女性、人権、古代史と多岐にわたる。近著に「日本絵本賞」受賞の『どんなかんじかなあ』（自由国民社）、『海中散歩でひろったリボン　ボニン島と益田一』（ゆいぽおと）、『幸子さんと私　ある母娘の症例』（創出版）、『おいる』（ハモニカブックス）、『蝶々にエノケン　私が出会った巨星たち』『芸能人の帽子　アナログＴＶ時代のタレントと芸能記事』（ともに講談社）がある。また伊豆を根拠地とするスクーバダイバーとして、約二五年ダイブ回数一〇二四本以上の経験がある。

活動報告《かつどうほうこく》
80年代《ねんだい》タレント議員《ぎいん》から162万人《まんにん》へ

2017年11月28日　第1刷発行

著者
中山千夏《なかやまちなつ》

発行者
鈴木 哲
発行所
株式会社講談社
東京都文京区音羽二丁目12-21 郵便番号112-8001
電話 編集03-5395-3522 販売03-5395-4415 業務03-5395-3615

ブックデザイン
鈴木成一デザイン室
印刷所
慶昌堂印刷株式会社
製本所
株式会社国宝社
本文データ制作
講談社デジタル製作

ISBN978-4-06-220740-9